元白

文茜
著

天津出版传媒集团
百花文艺出版社

图书在版编目（C I P）数据

元白 / 文茜著. -- 天津 : 百花文艺出版社,
2022.4
ISBN 978-7-5306-8246-3

Ⅰ. ①元… Ⅱ. ①文… Ⅲ. ①传记小说 - 中国 - 当代
Ⅳ. ①I247.5

中国版本图书馆CIP数据核字(2022)第040038号

元白
YUAN BAI
文茜 著

出 版 人：薛印胜
选题策划：唐冠群　**责任编辑**：胡晓童
特约编辑：罗　盛
装帧设计：陈旭麟 @AllenChan_cxl
出版发行：百花文艺出版社
地址：天津市和平区西康路35号　**邮编**：300051
电话传真：+86-22-23332651（发行部）
+86-22-23332656（总编室）
+86-22-23332478（邮购部）
网址：http://www.baihuawenyi.com
印刷：天津创先河普业印刷有限公司
开本：787×1092 毫米 1/32
字数：180千字
印张：10.5
版次：2022年4月第1版
印次：2022年4月第1次印刷
定价：68.00元

如有印装质量问题，请与天津创先河普业印刷有限公司 联系调换
地址：天津宝坻经济开发区宝中道北侧5号5号厂房
电话：（022）22458683　邮编：301800

同心一人去，
坐觉长安空。

目录

“微之与白乐天最密，虽骨肉未至，爱慕之情，可欺金石，千里神交，若合符契，唱和之多，毋逾二公者。”

——————《唐才子传》

第一章 初見

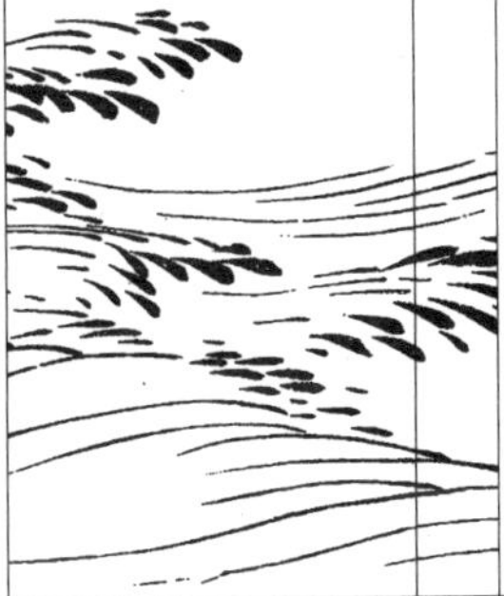

曲江

唐，贞元十九年，长安。

初春的曲江[1]池岸边，一位着青衫、踩麻鞋的男子，骑着一匹稍显疲弱的枣红马，缓缓而行。他神态悠然，饶有兴致地赏着春景：岸边的杨柳虽已发出嫩芽，在微风中摇曳，但草地尚未返青，一片枯草里，偶尔能看到隐隐透出的绿意。

“冰销泉脉动，雪尽草芽生。[2]”男子一边轻声吟诗，一边频频回头，好似在寻找什么。

身后空无一人，四周也静悄悄的。男子悻悻然，转而将目光投向池水。

池中有几只水禽在欢快地嬉戏，发出细弱的鸣叫。水池中央，几朵含苞待放的荷花随着微风轻摇。

---

1 | 曲江是唐代著名的风景区，在唐长安城东南隅。

2 | 出自《早春独游曲江 · 白居易》。

突然，身后的小路上传来吵杂声，男子勒马停下，顺着声音看去。一群游人蜂拥而至，随即拐向了另一条小路。

吵杂声由强变弱，直至消失。男子轻叹一声，俯下身，拍了拍马首后，双腿一夹，枣红马昂首嘶鸣一声，沿着游客刚刚走过的小路轻跑起来，最后在一片杏树林里停下。

这里是曲江池最具观赏价值的杏园，杏花盛开时，一树树的杏花灿若云霞，发出淡淡的香味，很是诱人。因而杏花的花季，也就成了曲江池最热闹的地方，游人如织。

不过，此时杏树上只能看到一些花骨朵，也就没有什么游人。

男子轻快地从马背上跳下，将枣红马拴在一棵粗壮的杏花树上后，从怀里掏出一只酒葫芦。摇了摇，仰头喝下一口后，倚树坐下。

阳光透过树叶，照在了他的脸上。男子看样子三十岁左右，中等身材，脸庞清瘦，留着短须。

一阵微风吹来，几片杏叶从树上飘落下来，一片落在男子怀里。男子捡起杏叶看了看，塞进嘴里咀嚼起来。在将杏叶完全吞咽下去后，他眯着眼睛，看了看头顶的太阳，然后又拿起酒葫芦，咕咚咕咚连喝几口。

好酒！男子抹抹嘴巴，仰头大口大口地喝起来。

在将葫芦里的最后一滴酒也倒进嘴里后，他满意地咂了咂嘴，靠在树上打起盹来。

迷迷糊糊间，男子看到一个骑马的模糊身影裹挟着一股轻风，从他面前晃过。那道身影在走出很远后，又缓缓回头，冲他笑了一下。

男子一激灵，从梦中醒了过来。他朝四下看看，杏园里除了微风轻扫树叶发出的沙沙声没有其他声音。正待还要再睡，却听到一阵由远及近的马蹄声，随后，他听到一高一低两个声音在喊："阿兄！""白二十二！"

"元八、知退，我在这儿！"男子回应一声。

叫男子"阿兄"的是白行简，小名知退，是男子的弟弟；叫男子"白二十二"的是元宗简，又名元八，是男子的朋友。

男子是白居易。

白行简和元宗简骑着马，一前一后来到白居易面前。元宗简一边下马，一边说："白二十二啊白二十二，你让我们找得好苦！"

两天前，白行简从老家下邽来长安看哥哥白居易，趁着天气好，白居易带他和朋友元宗简一起来曲江池游玩，不料走着走着竟走散了。

白行简和元宗简为了找白居易，差不多跑遍了整个曲江池，没想到他却在杏树下喝酒睡觉，两个人禁不住对他一通埋怨。

面对弟弟和朋友的埋怨，白居易并没有解释，只是微笑地看着他们，他的心思还在刚才的梦里。

“阿兄，这杏花还未开，你来这儿做什么？”白行简扫一眼杏园说。

“既来之，则安之。在此地游览一番吧。”元宗简说。

白居易并不说话，只是跟着他们，骑马在杏园里转了一圈。杏花未开，实在没什么可看的，三个人也都有些意兴阑珊。

“来的不是时候，改日再来吧。”白居易心不在焉地说。

三个人打道回府，白居易一路上都在想刚才那个梦，想梦中那个冲他笑的人。那个人是谁呢？

不知不觉间，他们来到了朱雀大街。

唐都城长安，由一百多个大小相似的坊里组成，这一百多个坊里，又由一条主街隔成了东西两部分，这条主街就叫朱雀大街。

朱雀大街两边的酒肆很多，酒香扑鼻，白居易酒瘾又犯了，他想和白行简、元宗简找个酒家，却被一个骑着白马的男子吸引住了。

那人身穿绿袍，骑在一匹高大健硕的白马上。

此人看样子二十多岁，长相清逸俊秀，姿态昂然。他面带微笑，目视前方。不过，白居易发现，虽然他看起来气宇轩昂，却时不时地瞟一眼左右，脸上带着一丝狡黠的得意。

绿袍男子离白居易越来越近，阳光照在他的脸上，让原本清秀的面庞越发光彩照人。

白居易怔怔地看着男子，男子和他擦肩而过时，白居易感到了一股清凉之风扑面而来，他打了个寒战，怎会有相似之感？白居易看着绿袍男子，蹙着眉细回味。

绿袍男子的身影渐远，突然他转身朝白居易笑了一下。那笑容让白居易瞬间明白了，他不就是自己在杏树下睡着时，梦中出现的那个人吗？

此君是谁呢？白居易忍不住自言自语起来。

“他呀！太子少保[1]韦夏卿的乘龙快婿！元稹。”身后传来一个声音。

1 | 官职名，负责教习太子。隋、唐之后，太子少保只作为赠官加衔的名号，基本已经没有教习太子的义务。

功名

元稹的身影，让白居易感到了散发着的恣意和张扬。这种恣意和张扬白居易身上也有，只是潜藏在他的内心深处。

“元稹，元稹……”白居易低声默念着他的名字，好半天才注意到身后站着一位身穿淡青圆领袍，系蹀躞[1]腰带的男子。

男子冲白居易笑了一下。从男子的打扮可以看出，他是省秘书校书郎。白居易问，刚刚为自己解惑的是不是他，那人说是，还问他是不是白居易。

白居易急忙跳下马来，称自己就是白居易。从年龄来看，此人要年长他几岁，能叫出他的名字，莫非是旧相识？

白居易施完礼，正要问，那人便自我介绍，说他叫李建。

---

1 | 蹀躞是唐代出现的一种功能型腰带，也称蹀躞带。

李建的名字，白居易听说过，他本是荆州石首县（今湖北首县）人，贞元年间考中进士，如今任省秘书校书郎[1]。

“李校书郎为何认识鄙人？”白居易问。

李建哈哈大笑两声，然后半是调侃道：“写下‘慈恩塔下题名处，十七人中最少年’的白居易，在如今的长安城，可是无人不知，无人不晓啊！”

白居易的脸蓦地红了。

李建所说之事发生在贞元十六年（公元800年）。当时，白居易进士及第二十九岁，是考中进士的学子中最年轻的一个。

唐朝的进士非常难考，上千名参加考试的学子，上榜者不会超过三十人。因而，朝廷会为进士及第者举行盛大的庆祝活动，例如御街夸官、慈恩塔题名、杏园探春、北里饮宴等。当时，意气风发的白居易与同期另外十六名进士一起去慈恩塔提名，在慈恩塔留下了“慈恩塔下题名处，十七人中最少年”的诗句。

---

1 | 官职名，校书郎负责校勘宫中所藏典籍，订正讹误。

白居易没想到，当年轻狂的举动，在几年后还有人记得，难免有些羞赧。他邀请李建同去他住的客栈喝酒。

李建欣然同意。

白居易带着李建回到崇仁坊的客栈时，白行简和元宗简已经到了。几人互相认识后，白居易又让白行简去酒肆买些酒肉来。

几碗酒下肚，三人皆感慨与李建相见恨晚。

白居易问李建是否和元稹相熟，李建摇了摇头，说两人只有一面之缘。

几年前，李建和朋友游玩，偶遇元稹，这个朋友认识元稹，就聊了几句。

"此人颇有才华，十五岁就考取了明经，只是有些恃才傲物。就像咱们刚刚见到的，京城里，他在朱雀大街旁若无人地骑着高头大马，大有我们刚中进士时，骑着骏马在御街夸官的架式！"

"恃才傲物？听李郎所言，此人莫非想要效仿谪仙人？"元宗简疑惑道。

元宗简所说的"谪仙人"是李白，字太白，号青莲居士，世人又称他李十二。白行简素来最崇拜李白，因而不屑道：“那李十二‘笔落惊风雨，诗成泣鬼神’，是寻常人能比的？算了吧！这样一个只考取了明经的……”

“知退！”白居易皱着眉头，打断了弟弟白行简的话，“不得无礼，元君十五岁便考取明经，可见其才华。即使比不上李十二，也比你我强。”

李建说：“白兄所言甚是，这元稹虽只中了明经，但若他去考进士，想必也是能考上的。”

随后，李建给他们说起了元稹的故事。

元稹十五岁时，朝廷举行常举考试，他本来是要报考进士的，但母亲郑氏却在他临去长安前改了主意，让他报考明经。进士太难考了，而明经相对容易一些。郑氏不是不相信儿子的才华，而是想让他尽快获取功名，以帮助家庭摆脱寄人篱下的窘境。

元稹原本家世不错，父亲元宽是北魏宗室拓跋氏后裔，母亲郑氏出身名门望族。元稹幼时居住在长安城的靖安坊，童年可谓无忧无虑，吃穿不愁。父母在他很小的时候就教他读书识字，聪慧懂事的他深受父母宠爱。

然而，世事无常。元稹七岁那年，元家随着一桩接着一桩的变故逐渐衰落，先是时任侍御史的叔父元宵突然病故，接着他的父亲元宽因病去世。

一年之内，元家失去了两个支柱。这突如其来的变故，让元家陷入到了困顿中。屋漏偏逢连夜雨，不久后，元稹的异母长兄，时任蔡州汝阳尉的元沂，因受到淮西李希烈叛乱的影响，不知所终；元稹的异母次兄，在历湖县任职的元柜，又因父亲元宽去世，丁忧去职。丁忧期间的他没有俸禄，这一切都让原本就陷入困境的元家雪上加霜，元家人不仅需要节衣缩食，甚至变卖了家产，才能勉强维持生计。

元宽在世时，对郑氏及郑氏所生的元积和元稹格外疼爱，对他第一房所生的元沂和元柜有些疏远，这导致元沂和元柜的妻儿心存不满。元宽去世后，他们也就容不下郑氏和她的两个儿子了。

不得已，元稹十岁那年，和母亲、哥哥一起投奔了凤翔的舅父，过起了寄人篱下的生活。

元稹的舅父家境一般，元家母子虽然不介意粗茶淡饭，但对舅父一家来说，一下子多出三张嘴，难免会有脸色不好的时候。且那时战乱不止，天灾不断，粮食很是紧缺。

郑氏好强，投奔娘家本就是无奈之举，见娘家的日子也不好过，就时常提醒两个儿子，让他们好好读书，考取功名，以改变家族命运。

元稹知道母亲对他寄予的希望，也一直立志考取进士。但他又不得不承认，母亲的话是对的，以他们家的情况，他考试不能有任何闪失，因而就报考了明经科。

李建讲完元稹的故事后，发现白居易的眼眶已经盈满了泪水，他大声感叹道："如今好了，这元稹被韦家'榜下抱婿'了！"

偶遇

“榜下抱婿”是起源于唐朝的传统。达官贵族们会在新科进士中挑选一位有潜力的年轻人，招为女婿。虽然元稹不是进士及第，但韦夏卿还是看中了他的才华，在了解了元稹家世以及他不得已考明经科的原因后，决定将女儿韦丛许配给他。

韦夏卿是太子少保，韦家又是门阀之家，累世公卿。被这样的人家选中当女婿，元家人求之不得。

贞元十八年（公元802年），元稹迎娶了韦丛，并将新婚之家安在了洛阳履信坊韦宅。

安置好家人后，元稹来到京城长安，准备参加朝廷选拔贡士[1]的考试。

虽然做了韦夏卿的乘龙快婿，可元稹心里很清楚，韦夏

1 | 贡士，是中国古代会试中考者之称。

卿能够不嫌他家贫，将宝贝女儿许配给他，是将他看作了“潜力股”。元稹娶韦丛，的确有仕途上的考虑，但也没想完全依赖韦家来光耀门楣。在他娶了韦丛后，为了不让别人说他攀高枝，他比以前更想要在吏部选拔考试中取得好成绩。

当时，士子考中明经或进士后，如果不想被动地等待提拔（守选），就要参加吏部的选拔。吏部选拔通过后，会很快安排职位。因此，来京城后，元稹只游玩了两三天，就安安心心地在靖安坊西北隅的尚书楼备考了。

尚书楼是元家在长安的宅子。元稹和哥哥元积跟着母亲投靠舅父后，尚书楼里住着的只有他同父异母的哥哥一家。元稹成为韦夏卿的乘龙快婿，又中了明经后，也就搬了回来。

在尚书楼埋头苦读了一段时间后，某个黄昏，元稹不知为何心烦意乱，怎么都无法静下心来看书，于是叫侍童备马，他要出去散散心。

侍童是元稹母亲郑氏身边的人，来长安备考前，郑氏担心京城的繁华让元稹迷了心性，无暇学习，就把侍童分派给他，除了伺候他之外，还有督促他读书之意。

侍童见元稹要外出，忙问他去哪儿。元稹本就心烦意乱，见母亲派来的“奸细”处处盯着自己，更生气了，白了侍童一眼，说自己只是随便出去转转，还让侍童不要跟着他。

元稹确实不知道自己要去哪儿。

牵着马，元稹走出靖安坊。他只是坐在马背上，任由马儿带着他前行。

天渐渐暗了下来，元稹继续漫无目的地坐在马背上，他百无聊赖地看着长安街景，突然看到前方的坊内红烛高照。

“怎么没想到去那儿呢？”元稹自语道。

红烛高照的地方是平康坊。平康坊位于长安东市西侧，是长安民妓的聚集地。平康坊的艺妓不仅花容月貌，而且琴棋书画样样精通，成了才子们趋之若鹜的地方。元稹此次来京城，一直忙着应付考试，还没有去过那里。

就在元稹准备拍马疾行时，突然听到身后传来一阵急促的马蹄声和一声呼唤：“可是元君？”

元稹回头看，不远处，一匹枣红马向他奔来，马背上坐着一个似曾相识的人。

枣红马上坐着的是白居易。

白居易这些天也在刻苦读书，读到心烦意乱时，骑马出城转了一圈，本来想直接回崇仁坊，结果一愣神的工夫，枣红马把他带到了东市，看到了元稹。

白居易心中欣喜。自春游曲江池那天起，白居易就一直想认识元稹。

“恕鄙人冒昧……”

不等白居易说完，元稹接过话说：“前几日，朱雀大街你我曾见过。”

“元君好记性。鄙人白居易，来京城后时常听人提起元君，仰慕已久。”

“幸会！幸会！”元稹跳下马，向白居易施叉手礼。

白居易立刻下马还礼。

黄昏中的两人微笑着打量对方，继而又同时朗声大笑。

这一刻的他们，都有种他乡遇故人的感觉。

他们商定去平康坊喝酒。两个人牵着马，缓步向平康坊走去。

有麻雀从他们头上鸣叫着飞过，白居易仰起头，指着飞鸟说："嘤其鸣矣，求其友声。[1]"

元稹回："乐莫乐兮新相知！[2]"

那一年，白居易三十一岁，元稹二十四岁。

1 | 出自春秋《诗经·小雅，伐木》。

2 | 出自《九歌·少司命》，作者是屈原。

知己

平康坊和以往一样，歌舞蹁跹，热闹非凡。

白居易和元稹以前也来过平康坊，不过那时吸引他们的是低首拨琴的美人。可今天，身边陪酒的香艳女子成了多余。

再从平康坊出来，已经是明月悬空。白居易和元稹一路说着话，来到了白居易居住的崇仁坊客栈，继续喝酒、聊天。

“微之，可惜这里只有些浊酒。若早知今日你来，我定早早备下黄醅酒。”

黄醅酒是长安城里数得上的好酒。

“乐天，喝什么不重要……”元稹说着话，从白居易的手里拿过酒壶，仰头喝了一口，然后递给了白居易。

白居易接着接过酒壶，也对着壶口喝了一口。

半壶酒，一盏灯，他们就这么聊到了天明。待他们睡去再醒来时，已是日上三竿。

二十四岁的元稹和三十一岁的白居易，就这样成为了知己。第一次见面，他们便好像已经相识多年，没有一丝隔阂。他们隐隐地从对方的身上，看到了内心里隐藏着的另一个自己。

元稹恣意张扬、潇洒风流的背后，隐藏的是温良儒雅，低调谦和；白居易含蓄内敛、沉稳持重的背后，又隐藏着炽热的赤子之心。

当然，不管是恣意张扬的元稹，还是含蓄内敛的白居易，他们的身上，又都有着坚毅执拗和刚正不阿。

一见如故的白居易和元稹，在得知对方准备参加吏部的选拔时，更高兴了。为了以后能共事，他们决定一起参加“书判拔萃科”考试。

“书判拔萃科”是唐代贡举科目名，是吏部铨选、科目选或制科的考试，通过了就能授官。白居易和元稹都相信自己能够通过这次考试。

考试

元稹依依不舍地离开了崇仁坊，一天后，他又来了。

白居易看到元稹后，既惊又喜。

“我来，是知乐天要去找我啊。”元稹说笑着走了进来。

“微之，你此番来定有要事相商。”

元稹急忙道：“不必紧张。乐天，我只是想和你一同温书。”

白居易长吁一声，笑着说：“英雄所见略同，咱们想一块儿去了。”

此后，他们每天一起温书，大多时候都是在白居易住的客栈。有时，他们也会骑马去郊外，一路上互相给对方提问题。温书累了，他们要么去城外观景，要么在城内找个酒肆喝酒。

日子就这么一天天过着。因为有了同伴，不管是白居易还是元稹，都觉得温书备考不再是一件枯燥乏味的事。

终于，他们等来了吏部考试。

因为准备得充分，刚考完，两个人就抑制不住兴奋地向对方道喜。

笃定能够通过，白居易和元稹不再为考试忧心，他们在等待放榜的这段时间，时常聚在一起。晴天骑马去郊外看景观花；下雨天要么坐在白居易居住的崇仁坊屋檐下听雨吟诗，要么去元稹居住的尚书楼喝酒击鼓，好不自在。

不过，在一个阴雨连绵的午后，看着阴沉沉的天空，他们伤感起来。

“唉！虽愿每日得此逍遥，可如此度日，像在做梦一样。”

“乐天所言甚是，”元稹说，“不过，便是梦，我亦希望此梦能长久一点，再久一点……”

说完，两个人沉默下来。他们都有些担心，虽然他们相信能通过吏部的考试，共事的机率也很大，可凡事都有例外，万一他们不能共事呢？如果仅仅只是没能共事，一起留在京城倒也罢了，可会不会一个去东，一个去西呢？一旦两个人都被外派，时间久了，他们是否还能像现在一般默契？

初入仕途的他们，对即将到来的官场生涯，心里没底。对未知的恐惧，让他们很怕失去对方。

这样的担心，随着公布成绩时间的临近逐渐加剧。

白居易和元稹越来越焦虑，他们夜不能眠，食不知味。

第二章 同为校书郎

策马

贞元十九年（公元 803 年），“书判拔萃科”放榜，白居易和元稹皆榜上有名，都被授予了省秘书校书郎一职，主要工作是整理、校勘部门收藏的图书。看到榜单的时候，白居易和元稹都长长地松了一口气。

“微之，我终于可以在京城安定下来了。”

元稹这才意识到，白居易的焦虑更甚于他，他在京城有家，而白居易没有。

白居易备考的这段时间消瘦了很多，主要是为生计发愁。未授官前，他们是没有俸禄的，住在客栈的他不得不节衣缩食。如今，虽然省秘书校书郎官阶不高只是九品，但毕竟有了俸禄，再加上这个职位可以随意翻阅朝廷的藏书，这对喜欢读书的白居易来说是莫大的福利。卸下担心的白居易向元稹提议去皇子陂游玩。

元稹欣然同意，不过他提出要先去一趟慈恩塔。

“乐天题的‘慈恩塔下题名处，十七人中最少年’，我可是神往已久了。”

白居易听到这句词，又有些羞赧。元稹哈哈大笑道：“乐天，若是我中进士，还不知会在慈恩塔题下什么轻狂之词呢！何其荣宠之时也，题什么都不为过。”

说到进士及第，元稹就一脸羡慕，也满心遗憾。

白居易知道，未能参加进士科考试，是元稹最大的遗憾，为了转移话题，他说：“走！咱们驰骋大街，看是你的白马厉害，还是我的枣红马厉害！”

长安城内，白居易和元稹策马狂奔，向第一站大慈恩寺奔去。慈恩塔位于长安城晋昌坊内的大慈恩寺内，是保存玄奘由天竺带回的经卷和佛像修建的塔。

登上慈恩塔后，元稹很快就找到了白居易题的诗。

“让微之见笑了！”白居易有些激动，当年题名时的场景依然历历在目。

元稹抚摸着白居易的题诗说：“何来见笑呢？乐天，如果考上进士的是我，我不仅要御街夸官、慈恩塔题名，还要骑着马，挂着花，请人敲锣打鼓地游凤翔，我要让所有认识我的人都知道！”

元稹说到这里，眼角似乎渗出了泪水。白居易安慰他说：“微之若是参加了考试，必定会榜上有名！”

“很多事情，不由我们掌控，”元稹说，“我终是再不甘心，也只能作罢！”

“是啊！很多事情，都不是靠努力就能改变的！”白居易说到这里，若有所思。

元稹知道，他的话，勾起了白居易的伤心往事，于是说：“有些事虽然我们无能为力，但有些事还是能够事在人为的。比如咱们不是一起备考，又要一起共事了吗？走，去皇子陂[1]！”

二人离开慈恩塔，纵马向皇子陂奔去。

皇子陂位于樊川北端的少陵原，地势偏高，形似一只展翅欲飞的凤凰俯瞰着长安城。白居易和元稹登上皇子陂后，俯瞰长安城，心情一扫刚才的低落。

“长安！我回来了！”元稹伸开双臂，仰天大喊，“我

---

1 | 地名，今陕西省长安县南。

带着我的阿娘，回来了！”

元稹喊完，想要再说些什么的时候，发现自己的声音哽住了。十岁时，他和哥哥跟随母亲一步三回头地离开长安的情景忽然浮上心头。

“接下来，我还要和乐天在朝廷一起共事！”元稹平复了一下心情，继续朝天大喊。

云想衣裳花想容，春风拂槛露花浓。

若非群玉山头见，会向瑶台月下逢。[1]

白居易抑制不住内心的兴奋，高声唱起了李白作词，李龟年谱曲的“清平调[2]”。

元稹先是随着白居易的唱词摆动身体，接着挥动衣袖，为白居易伴舞。

皇子陂上的白居易和元稹，一个唱，一个跳。一曲结束，他们嬉笑着躺在地上，眯眼看着天空。

---

1 | 出自《清平调词三首》其一，是唐代诗人李白的组诗作品。

2 | 清平调：大唐曲名，《乐府诗集》卷八十列于《近代曲辞》，后用为词牌。

天空碧蓝，无一丝纤云。

“天空真像是蓝色的锦缎啊！”白居易喃喃道。

“此刻，我们身披锦缎，头枕黄玉！”元稹说着话，揪起一根野草，含在了嘴里。随后又将双手叠起，垫在头下说，“有谁能比此刻的我们更富有？”

“即便头枕糟木，身披褴褛，此刻的我们，也是最富有的！”白居易闭着眼说。

执念

天为被，地为床，在和煦的阳光下，白居易和元稹迷迷糊糊地睡着了。白马和枣红马在他们不远处，悠然地吃着草。

两个人不知睡了多久，白马一声接一声的喷嚏惊醒了他们。

“啊！这一觉睡得可真舒服！比睡在自家床榻上都舒服。”白居易起身说，“好像我还做了个梦，可什么都想不起来。”

“谁又知道此时的我们，不是在梦中呢？”元稹说完，翻身而起，朝白居易伸手。

白居易会意，从怀里拿出酒葫芦，喝了一口后，递给元稹。元稹挪坐到白居易旁边，两个人并排坐在草地上，一边喝酒，一边聊天。元稹说起了几年前，他拜见李贺却惨遭羞辱的事。

“李贺？可是那个七岁就名满京城的少年鬼才？”白居易问。

元稹点了点头。

李贺出生于贞元六年（公元790年），唐朝宗室之后，自小就展露出了非凡的才能，五岁通读碑文，七岁能作诗。当时的洛阳大才子韩愈和皇甫湜听说后，有些不信，便想去考考他，李贺知道韩愈和皇甫湜的来意后，当即就写下了《高轩过》：

华裾织翠青如葱，金环压辔摇玲珑。
马蹄隐耳声隆隆，入门下马气如虹。
云是东京才子，文章巨公。
二十八宿罗心胸，九精照耀贯当中。
殿前作赋声摩空，笔补造化天无功。
庞眉书客感秋蓬，谁知死草生华风。
我今垂翅附冥鸿，他日不羞蛇作龙。

韩愈和皇甫湜一看，大惊，连连称奇。李贺自此名扬京城和洛阳。

元稹明经及第后，因为仰慕李贺的才华，特去拜访。当时，只有十岁的李贺，在元稹表明身份后，先是上上下下打量他一番，然后不屑道：“明经科及第，何事找我李贺？”

“因我只是明经及第。”元稹苦笑了一下，“在他眼里，一个明经及第者，是没有资格见他的。”

白居易摇了摇头：“他的如此做法，枉称鬼才，最多只是一个狂傲自大的小儿罢了！”

“当时他还不到十岁，确实是个小儿。不过，我那时大他十一岁，面对一个小儿的耻笑……我羞愧难当，低着头逃出了李府！那时候，如若面前有一条河，我也会一跃而下……”

“微之，那只是一个狂妄自大的孩子话。”白居易说，“不用太在意。”

“当时，我跑了很久，跑到一个没有人的地方，大吼大叫。我暗暗发誓，终有一天，我会让那些瞧不起我的人承认自己眼拙……”

元稹说完，拿起酒葫芦，仰起头，猛灌一口又说：“所以我对进士及第有很深的执念。”

“微之，我了解你的心情，也知道你的执念。不过一切都过去了，如今你我不是同时被授校书郎了吗？是不是进士及第，又有什么关系呢？莫为过去的事难过！”白居易说，“何况，世人总是这样，只以功名论英雄！以后你若身穿紫衣，成为一国之相，又有谁会记得当初你只是明经及第？”

“我与你有过相似的经历！

“是我十七岁时的事，当时我还没有进士及第。”白居易说，“那时我刚来长安，拜谒当时颇有声名的顾况。顾况看了看我递上去的名帖后，半是调侃，半是不屑道：‘‘长安物价贵，白居可不易啊！’”

“你当时是如何回答他的？”元稹好奇道。

“我没有说什么，只是递上了我的一首诗。”白居易说，“他看了后，重新将我一番打量，然后道，‘能写出如此好诗，白居也易。’”

“他最后还是被乐天你的才华折服了啊！”元稹说到

这里，猛然道，“当时他看的，莫不是你的那首《原上草》？”

“你知道这首诗？”白居易瞪大了眼睛，这首诗知道的人并不多。

元稹并不回答，吟诵起来：“离离原上草，一岁一枯荣。野火烧不尽，春风吹又生？”

一字不差，白居易听后，颇为感动。

“想不到你记得这么熟。”

“岂止熟？简直倒背如流！”元稹说，“第一次听到是十四岁，好像是来长安科考时。当时我就想，如果有机会，一定去拜见这位写诗的人。”

“如若那时就认识，多好啊！”白居易说。

“是啊！”

“微之，第一眼见到你，我就有种奇异的感觉，那感觉很奇妙，非常奇妙，就像……”

“一个久未谋面的知己？”元稹插话道。

“知己！对！就是这种感觉！”白居易说。

“乐天，我和你有相同的感觉。”

“微之，其实在朱雀大街与你偶遇之前，我就曾梦到过你。”白居易说。

白居易说起了他和弟弟白行简、元宗简去曲江池游玩，与他们走散，自己在杏树下独酌酣睡的事，梦中见到一个骑着白马的身影……

“梦中出现的那个骑着白马的身影就是我？”元稹惊讶不已，从草地上翻身而起。

白居易起身，看着元稹，郑重点头道：“只是当时，我并不知道是谁，直到在朱雀大街上看到你……”

…………

太阳快落山了，白居易和元稹并排站在那里，看着天边迟暮的夕阳将天空映成了一幅多彩的画卷。

茶叶

白居易和元稹能够成为知己，还因为他们都有远大的抱负，有治理天下的理想。

“省秘书校书郎”这个职位是低级文职，对白居易和元稹来说只是他们仕途的起点。这个起点离权力中心近，能够帮助他们了解朝廷内部的情况。因此不管是白居易还是元稹，都对接下来的人生充满了期待。

被授于省秘书校书郎后，白居易也就搬出了客栈，重新寻找住处。

经过三天的寻找，他在长安城东北角的常乐坊找到了一个居所。白居易对这里很满意，元稹却觉得太简陋了。

这个居所不仅简陋，而且颓圮不堪，是个有着四五间房的茅草屋。元稹觉得，这么简陋的住所配不上白居易省秘书校书郎的身份。

“微之，此处甚好！与此刻的我很匹配。你看，有了这几间房，住起来宽敞多了，不仅足够我找两个仆人照顾我的生活，还有一间房可以做马厩！”

白居易在看到这个茅草屋时，已经对这几间房做了安排。

茅草屋对此时的白居易，可谓是“豪宅”。窗外不仅有竹林，门外还有酒沽，方便他和朋友喝酒吟诗，聊天弹琴。

白居易说到这里的时候，眼前已经浮现出了他们在竹林里饮酒欢唱的场景。

元稹知道他的难处，附和道：“倒也是，虽然简陋，却也安静宽敞，待月光温柔，星光灿烂之时，我们就可以在竹林里尽情畅饮作诗，谈天说地了。“

“夏天的时候，我们还可以在这里纳凉避暑；到了冬天，我们又能在这里烹雪煮茶。”白居易越说越满意这个地方。

听白居易说起煮茶，元稹想起几天前，蜀中有朋友送他的茶，就说要送给白居易一些，白居易一听，非常高兴。

白居易喜欢喝茶，可当时的茶叶很稀缺，尤其是蜀中茶，可谓茶中精品，价格昂贵，属稀罕之物，白居易根本舍不得买。元稹深知这点，此后，若有人再给他送茶叶，他也都会留一半给白居易。

闲职

“秘书省校书郎”是个闲职，空闲时间多，可随意支配，这给了白居易和元稹很多逍遥自在、喝酒吟诗的机会。

元稹已经在洛阳成家，任校书郎期间，他长安、洛阳两边奔波。但只要在长安，大多时间都和白居易在一起，两个人相处得越来越投机。做“校书郎”的这段日子，也成了白居易和元稹一生里，最自在、快乐的时候。

平时除了看书、饮酒、作诗，他们四处游玩：春天去曲江池和杏园；玉蕊花开的时候，又去长安有名的唐昌观玉蕊花；牡丹花开的时候，他们又去有名的崇敬寺看牡丹；下雪时，更是观雪探梅、雪中煮茶、把酒言欢……

总之，凡是有白居易的地方，就能看到元稹的身影。

人与人之间的关系很奇妙，有些人认识一辈子，也犹如陌生人；可有些人认识不久，就像是认识了一辈子。白居易和元稹就是后者。

这种工作、生活都在一起的日子，他们过了两年。

虽然日子过得悠闲自在，但他们毕竟心怀天下，有远大的政治抱负，并不愿意在校书郎的位置上混日子。

每当夜深人静，元稹和白居易就会不约而同地烦躁、焦虑。这种情绪他们一开始都对彼此刻意隐藏。

有天夜里，元稹又来白居易居住的常乐坊。那晚，皎洁的月光将茅草屋外的竹林照得宛如白昼。微风起时，竹叶沙沙作响，元稹说："听！像不像是有人在奏乐？"

白居易说："是风在奏乐。如此美景，连风都不忍辜负。"

白居易随即吩咐仆人搬来一张榻和一罐酒，和元稹斜倚在榻上，一边赏月，一边饮酒。喝着喝着，白居易指着天空的明月说："刚刚它还在我们的头顶，此刻却像是要忙不迭地逃出竹林。"

"是啊！再值得留恋的地方，也不能久留。"元稹说，"久留，它便看不到别的风景了。"

白居易听后，深深叹了一口气。元稹也跟着叹了一口气。

白居易问元稹为何叹气，元稹说他们肯定是在为同一件事叹气。白居易知道，元稹说的没错。

随后，白居易又说，和元稹在一起，过饮酒探春，雪中举杯的日子，固然很好，很幸福，他也很喜欢，可离他们的梦想太远了。

白居易这么说，是因为他已经三十三岁了。三十三岁的他，还有多少时间可以实现他的政治理想呢？

这是白居易的困惑，也是元稹的，这段时间，元稹也意识到，这样的日子，舒适是舒适，快乐也快乐，却也是在荒废岁月，荒废青春！

“时间不容我们如此消耗。你我二人，也该有所作为！”元稹说。

“可身为校书郎，我们又能如何作为呢？”白居易说。

“谁能给做校书郎的我们一个拯救天下苍生的机会？”元稹说。

两个人越说越伤感，越说越沮丧，之后，他们就什么都不说了，只是默默地喝着酒，听那竹叶发出的沙沙声。

直到双双醉倒在了榻上。

深夜，仆人听到竹林里传来的呼噜声，本来想要叫醒他们，想了想，还是从屋里拿出一床被子，盖在了他们的身上。

制举

第二日，阳光透过竹林，照在了白居易和元稹身上。

被阳光唤醒的他们，坐在榻上，先是看着竹林发呆，随后扭头看对方。他们都知道，对方有话要说。最后，还是白居易先打破了沉默，他说："我想罢校书郎！"

元稹笑了。

"不是你想罢校书郎，是我们罢校书郎！"元稹说。

"我们考制举怎么样？"白居易又说。

"考制举是个好选择！对了，乐天，你为何不问我，何不让妇翁去推荐，做妇翁的幕僚？"

"因为你是元九啊，你想靠自己的能力。不了解你的人才会问出那样的话。"白居易笑着说。

白居易说的没错。在当时，想要做官，除了制科入仕，还可以做官员的幕僚，进而得到推荐，而元稹的岳父韦夏卿又是太子少保，他是有这个便利的。

元稹知道，很多人背底里都在议论，说他妇翁是太子少保，他不用再参加制考，便能一路攀升。元稹每次听到别人这么说，就很烦躁。韦夏卿确实很多次都在建议元稹做他的幕僚，可都被元稹婉拒了。韦夏卿虽然有些失落，更多的却是欣慰，觉得自己没有为女儿选错人。

听了白居易的话，元稹内心的烦躁减轻了很多，似乎自此在官场上行走，因为有了白居易的“懂得”，也就没有那么可怕了。

那刻的白居易和元稹觉得，他们以后的路都不再孤单，因为他们相信对方会是那个不管在何种情况下，都能理解和支持自己的人。

第三章 比邻而居

华阳观

元和元年（公元806年），白居易和元稹一起罢校书郎，为考制举做准备。

制举考试的时间和内容均由皇帝临时颁布，针对的对象是那些通过了常举考试（进士或明经及第者），未释褐[1]得官，或者虽然官职在身，却想要继续升迁的人。

白居易和元稹属于后者。

罢了校书郎后，白居易和元稹都有种获得新生的感觉，为此他们还专门去酒肆喝了场酒来庆祝，元稹提议两个人一起备考。

白居易也有此意，两个人再次一拍即合。元稹说白居易住处的竹林，清净优雅，非常适宜温书，白居易听后却面露难色，说他想搬离常乐坊的茅草屋。

---

1 | 旧制，新进士在太学行释褐礼，脱去布衣而换穿官服。

元稹一听，先是一愣，随即也就明白了，问他是不是想搬去华阳观。

白居易没有想到，元稹连他想搬去华阳观都能猜得出，顿时很高兴，问元稹觉得怎么样。元稹说没有比华阳观更合适温书的了。

去华阳观备考，对白居易来说，确实是当下最合适的选择。

华阳观位于长安朱雀门街东第三街的永崇坊，是座道观，白居易之所以会选择去那里，除了那里环境清幽，可以不受外界干扰外，还因为他经济拮据。

白居易任校书郎的俸禄，勉强能够维持他和远在下邽的母亲和弟弟的生活，可他罢了校书郎的职位，也就没有了俸禄，为了节约开支，他不能再租住在常乐坊了。不租房子也不住客栈，只剩道观这个选择了，这里不仅可以免房租，平时还可以随道众食斋。

华阳观所在的永崇坊，与元稹所居住的靖安坊只隔了一条街，便于他们一起备考、游玩，而这也是白居易选择华阳观的原因之一。

“你住华阳观，咱们就比邻而居了。”元稹说。

“华阳观的花，也快要开了。”白居易说。

华阳观的空地上，种满了槐树和桃花。每当槐花盛开时，满院飘香；而每当桃花盛开时，整个道观又好像涂上了胭脂。这犹如仙境的地方，自然也就成了来京城应试的寒门学子喜欢借住的地方。

白居易和元稹曾两次去华阳观游玩。有一次，白居易还为华阳观写了一首诗：“帝子吹萧逐凤凰，空留仙洞号华阳。落花何处堪惆怅，头白宫人扫影堂。”

几日后，元稹带着他的侍童去帮白居易搬家。

将白居易的东西都搬到华阳观后，元稹让侍童先回去，自己则留在了那里。当晚，在幽静的没有一丝声音的客房，两个人为了即将开始的新生活久久无法入眠。

这种幽静，和其他地方不一样，是一种与天地浑然一体的寂静。

华阳观的寂静，让白居易和元稹的内心既平静，又激荡。激荡来自于他们对未来的憧憬，以及对和彼此一起温书的期待。

“如此静幽之地，太适合温书了！此后，我们互相监督。”元稹说。

“希望不久，我们能同穿紫袍，在朝堂上相见！”白居易说到这里，激动起来。

“我常常在想，”元稹说，“这紫袍朝服，穿在你我身上，到底会是什么样子呢？想必一定非常好看！”

穿紫袍、佩金鱼袋是身份的象征。那时候，朱紫为贵，穿紫袍、佩金鱼袋者，是三品以上官员的标志。因而，很多入仕为官者，也就将穿紫袍、佩金鱼袋当成了他们终生的目标。元稹和白居易，更是如此。

“除了温书，我们还可以一起去赏月观花，抚琴品茗……”

“还可以一起下棋作画。”

“还可以郊游登塔，看牡丹……评诗歌，谈佛理……”

“还可以……”

寂静的华阳观里，只有他们所住的客房，传来一阵阵耳语声。

华阳观的第一夜，让白居易和元稹对未来有了更多的憧憬和向往，这里似乎也成了他们梦想中登顶仕途的第一级阶梯。

策论

比邻而居的白居易和元稹，为参加“才识兼茂明于体用科”的考试而做着准备。

“才识兼茂明于体用科”属于吏治类，和他们两年前考的“书判拔萃科”不同。“书判拔萃科”主要是考验考生对经文的了解和熟悉程度，而“才识兼茂明于体用科”考的则是治理国家的能力和辨别是非的能力，因而，备考“书判拔萃科”只需要背熟就可以了，可备考“才识兼茂明于体用科”却必须要有自己的想法以及对时政的看法。为此，白居易和元稹除了要背熟一些内容外，更多的要通过两个人的交流和讨论，互相启发，进而得出一些独到的观点。

为了交流和讨论，元稹回靖安坊的时间也就越来越少，他更多的时间都留在了华阳观。

一日，白居易和元稹在谈到一个国家的衰亡时。元稹说：“一个国家的衰亡，很大程度上是朝堂上的贤良之士太少。”

“微之说的是，贤良之士少，奸佞之人就多。而贤良之士减少的原因，又是因为君王给了那些奸佞之人权力和机会，他们在被重用后，又给了属下奉承他们的机会，如此一来，朝廷上下，全都是奸佞之人在把持。”

“可见，君王首先要以身作则。那么，乐天是否觉得宽松的刑法对民众一定是好的呢？”元稹接着又问。

“倒也未必！”白居易说，“我觉得还是适当最好。”

“何以见得？”元稹继续追问。

“政令过严或过于繁杂，很可能让民众无所适从，犹如生活在浊水中的鱼，透不过气来。而如果政令过松的话，又很可能让民众的行为失范，一旦行为失范，就犹如河堤溃决，生活在这里的鱼儿，必定也会忍受不了而逃跑。”

白居易说起政论的时候，滔滔不绝，完全不似平时的木讷样子。

元稹一边听他说，一边思考，白居易说完，元稹看着他说：“乐天，听君一席话，胜读十年书！我如今对你崇拜至极，之前只以为你诗写得好，不曾想治国理政也如此有见地。陛下若不重用你，是朝廷的损失，是大唐的损失。”

元稹说这些话的时候，一脸严肃，不见了平时的嬉笑模样。白居易听完，倒有些不好意思。

“微之，你高看我了，我哪里会……”

白居易刚说到这里，元稹便打断他的话说：“乐天，那你觉得君王施政，最重要的又是什么？”

“我觉得还是顺应民意！”白居易说，“你觉得呢？”

“我既赞同，也不赞同。”元稹沉思片刻说，“凡事都顺应民意的话，势必会削弱君王的威严！”

“我说顺应民意，是君王施政时若能够顺应民意，必定会事半功倍。君王的威严，不是来自于对人民的控制，而是来自于国家的强盛。”

“有道理，”元稹说，“乐天，你真是个治国贤才！”

“如今说贤才还为时过早。不过你我二人，既然走了仕途这条路，就是想要做贤才，只不过……”白居易没有说下去，他叹了口气。

“只不过也要朝廷能够容得下你我二人才行，对吗？”

元稹说。

白居易点了点头，脸上浮现出了一丝阴云。

“如今的朝廷宦官当道，确实难容贤才！”元稹也一脸忧虑。

“一个国家是否兴盛，要看是否能任用贤才，可如今不仅贤才难以被任用，整个朝政已经被宦官把持。”白居易说着话，攥紧了拳头，“我每每想到这些就会不安，何时才能改变这个局面呢？”

“希望你我二人，之后有机会来扭转这个局面。”元稹说。

白居易和元稹并非是杞人忧天，唐宪宗时期，宦官势大，就算有着兴国之志的唐宪宗李纯面对宦官集团时也有些底气不足。

贞元二十一年（公元 805 年）正月，唐德宗李适驾崩，传位给了太子李诵，便是唐顺宗。然而，李诵只做了不到七个月的皇上，便在贞元二十一年八月，被宦官俱文珍等人逼迫退位，下诏传位给了太子李纯，为唐宪宗。

宦官俱文珍等人之所以要逼迫唐顺宗李诵退位，是因为李诵继位后，主张加强中央集权，反对藩镇割据和宦官专权，甚至还重用了王叔文、王伾、刘禹锡和柳宗元等革新派。

李诵重用革新派的做法，动摇了宦官集团的根本利益。宦官集团决定另立新君。最终，太子李纯在他们的拥立下，坐上了皇位。

宦官集团拥立李纯上位，就是扶植傀儡皇帝。李纯乐得重用宦官，而在他所重用的宦官里，最受宠的又是他还是太子时，就在东宫侍奉他的吐突承璀。

李纯继皇位后，不仅任吐突承璀为左监门将军，右神策护军中尉、左街功德使，还封爵蓟国公。

宦官集团原本就强大，吐突承璀的受宠，让他们越发肆无忌惮，这引起了文人集团的不满，可胳膊拧不过大腿，文人集团只能黯然神伤，背地里一边积蓄力量，一边等待机会。

什么时候才是机会？没有人知道。

“有朝一日，你我若能被重用，我们首先就要改变宦官专权的局面。”元稹说。

元稹说这句话时，志气满满。白居易虽然同样志在改变朝廷，却也有所担心，怕他们心有余而力不足！

“再不容易，我们也要试试！”元稹说，“我们绝对不能任由这些阉人把持朝政！”

元稹说到激动处，一拍桌子，站了起来。白居易被他的激情感染，赞道：“明知不可为而为之，此为孤勇，而若是为家国天下，孤勇又如何？”

“当孤勇者越来越多，也就不是孤勇了！”元稹笑着说。

“说的好！我们一起努力，向圣人看齐！”白居易说。

“一起努力甚好，只是你再说说，何谓圣人？”元稹说，“是指那些不为利、不喜富的人吗？”

“非也！微之，圣人并非不喜利，而是要利在天下万民。”白居易说。

“好！那你我就向那圣人看齐！乐天，你今天所说的为君为圣之道，施政化民之略，让我受益匪浅，备受启发，也觉得很有意义，你有没有想过，将它整理出来，留存后世呢？”

元稹的提议，白居易此前没有想过。元稹认为，即便他们二人之后不能改变现状，有了这些文字留存后世，也是一件很有意义的事！而若能启迪后人，也就间接实现了他们的政治抱负。

白居易不确定自己说的这些是否有价值。元稹认为，这不仅有价值，还是无价之宝，并提议要和他一起整理。起初，白居易还是有些犹豫，不过想了几天后，便同意了元稹的建议。此后，他将这些观点、理念、想法与元稹一起讨论整理后，集成了一个册子，并为它取名《策林》[1]。

---

1 |《策林》是白居易于元和元年参加制举试前成书，共七十五篇。《策林》从时务政治出发，主要探讨了为君为圣之道、施政化民之略、求贤选能之方、整肃吏治之法、省刑慎罚之术、治军御兵之要、矜民恤情之核、礼乐文教之功等八方面宏观与微观的问题。

买酒看花

华阳观的桃花开了，满院姹紫嫣红，阵阵清香，沁人心脾。

白居易和元稹每日温书累了，就会到桃花树下饮酒赏花。一日，他们正在桃花树下捡拾飘落的花瓣，准备泡水喝，突然听到身后有人叫他们，回头一看，是右拾遗李绅。

李绅和白居易同龄，少年成名，二十七岁中进士，曾任省秘书校书郎，今任右拾遗。

白居易来京城后，因仰慕李绅的才华，曾特意去拜见他，两个人一见如故，成为朋友。李绅曾经做过元稹的岳丈韦夏卿的幕僚，和元稹也熟，三个人在京城经常来往。

贞元二十年（公元804年），元稹写了小说《莺莺传》，李绅还曾根据《莺莺传》，又写了篇《莺莺歌》。

看到李绅，白居易很高兴，几天前，他就和元稹说过，要邀请朋友们来华阳观看桃花，而所邀请的人里，就有李绅。

“华阳观的桃花季，我岂能错过？”李绅笑着说，“不过不用邀请，我闻着花香就来了。今日桃花夭夭，白二十二，你可要尽‘地主之谊’，做首诗啊！”

白居易轻笑两声，向李绅拱手施礼道：“那鄙人献丑了！”

白居易说完，仰头看了看满树的桃花，在绕着桃树转了一圈后，吟道：“华阳观里仙桃发，把酒看花心自知。争忍开时不同醉，明朝后日即空枝。”

李绅和元稹同时叫了声好！

“诗有了，还差‘把酒看花’。”李绅说。

“我这就去买酒来！”元稹说着话，要去观外买酒，被李绅一把拉住了。

“不用买，我这里有！”李绅说着话，从怀里掏出了一只硕大的葫芦，“白二十二，拿碗来。”

白居易拿来三只大碗，三个人坐在桃花树下的石头上，一边喝酒，一边聊天。

微风吹来，花瓣纷纷飘落，落在他们的身上、头上。

看着桃花，李绅想起了牡丹花，便又邀请白居易和元稹过几天去令公家赏牡丹。

李绅所说的“令公”是指大宁坊河中节度使浑瑊家，浑瑊家的牡丹，在长安城很有名。

一听浑瑊家的牡丹开了，元稹当即就要去，白居易也兴致盎然。但李绅今日有事，不能奉陪。

三个人喝完酒离开华阳观，李绅独自走了，白居易和元稹直接去了大宁坊。

新乐府

浑瑊家的牡丹园，竞相开放，看着那一簇簇，一片片，灼灼如火的牡丹，白居易禁不住吟道：“香胜烧兰红胜霞，城中最数令公家。”

元稹说：“这令公家的牡丹，确实非同一般，有王者之气，这倒让我想起了西明寺的牡丹。”

元稹在认识白居易之前，曾去延康坊的西明寺看过牡丹。

“西明寺的牡丹和令公家的比如何？”白居易问。

“各有千秋。”元稹说，“西明寺的牡丹，‘簇蕊风频坏，裁红雨更新。[1]’”

“听你这么一说，我倒又想去西明寺看牡丹了。”白居易说。

---

1 | 出自元稹《牡丹诗二首·簇蕊风频坏》。

“改日我陪你去。”元稹说，“现在咱们去郊外转转吧。”

两个人从大宁坊出来，骑马又向郊外奔去。一路上，他们聊起了诗坛。

元稹觉得，当下诗坛看似热闹，但除了吟景抒情，就是怀古送别，属无用之作。

白居易颇有同感，也觉得当下诗坛看着气象万千，名家辈出，但却全都是无病呻吟，缺少讽喻时事的诗。

“为时事而作诗”，是白居易近期一直都在想的事，他想改变整个诗坛用歌舞升平来粉饰太平的做法。

“最近我也在想，这样的诗那么多，是否写诗的人以为现在还是贞观时期？”元稹说的时候，脸上露出了忧虑之色。

“从上到下，都还在歌颂太平盛世，实则已经是兵荒马乱！”白居易长叹一声，“微之啊！朝堂之上，自欺欺人的人实在太多了！”

“太平盛世倒有杜甫，如今却没有杜甫了！”元稹摇头。

两个人神色凝重起来，不再说话。突然，白居易勒马停下，看着元稹说："微之，我想，杜甫虽已不在，但我们可以做杜甫啊！文章合为时而著，歌诗合为事而作！"

"乐天的意思是说我们效仿杜甫？"元稹问。

白居易点了点头。

"咱们为君、为臣、为民、为事而作！少去粉饰太平。"

"不只为文而作！"元稹补充说。

白居易和元稹聊着聊着，有了发扬《诗经》和汉魏乐府诗讽喻时事的想法，他们要让诗歌起到"补察时政、泄导人情"的作用。

白居易和元稹越聊越起劲，他们知道，如果单靠他们二人，很难有所作为，毕竟他们现在还名不见经传，起不到警世的作用。他们想，如果能够找到一些志同道合的人，共同发起一场运动，势必就会引起当权者的注意。

"若说志同道合者，我首推李拾遗[1]！"元稹说。

白居易点了点头说："锄禾日当午，汗滴禾下土，谁知盘中餐，粒粒皆辛苦。李拾遗的这首《悯农》，当属讽

1 | 代宗之初，曾拜李白为左拾遗，时白已殁，故世人又称其"李拾遗"。

喻时事佳作。”

“他还有另一首《悯农》，‘四海无闲田，农夫犹饿死’，也很不错。”元稹说。

“现在就缺这样的诗！”白居易说，“咱们得为这场运动取一个好听的名字！”

“若想要有影响力，引起当权者的注意，叫‘新乐府’怎样？”元稹说。

“新乐府诗”由杜甫始创，后又由元结、顾况继承。之后，这种诗越来越不受当权者欢迎，“新乐府诗”也就越来越少，少见佳作。

奔丧

“新乐府运动”的想法，让白居易无心再游玩。

元稹见白居易骑在马上，一会儿独自呢喃，一会儿又沉默不语，和他说话，也有些心不在焉，便主动提出回程。

当他们回到华阳观时，元稹看到自己的侍童正在白居易住处的门口，焦急地打转。

看到侍童，元稹有些不快，以为他又是来“监视”自己的，正要喝斥，那侍童见到他们，急冲冲地跑了上来，结结巴巴地说，家里出事了，让元稹赶快回去。

元稹并不为意，说他还有事要和白居易商量。可侍童的一句“韦少傅千古了”让元稹和白居易都怔在了那里。

“什么？你再说一遍？”元稹瞪着侍童说。

侍童又说了一遍。侍童所说的韦少傅，就是元稹的岳丈韦夏卿。

“千古了？你是说韦少傅？”白居易还是不相信，追问了一句。

侍童又点头。

“妇翁……妇翁千古？怎么会？怎么会这样？前段时间我回去的时候，还是好好的。”元稹喃喃自语道。

侍童说，韦夏卿得的是急病，下午府上就来人了。侍童的话还没有说完，元稹向白居易告辞，脸色煞白着离开了。

白居易被这突如其来的变故惊到了，站在原地好久都没有动。

这天余下的时间，白居易都在为元稹担心。

元稹回洛阳处理韦夏卿的丧事了。白居易独自在华阳观，无心温习功课，他开始琢磨“即事诗”，有一天，他写下了一篇警醒君臣的《七德舞》[1]。

---

1 丨《七德舞》是唐代诗人白居易创作的一首诗。这是一首歌颂唐太宗李世民的叙事史诗，咏叙了李世民创建唐王朝的经过和他即位后所推行的许多善政，也借此讽喻时政艰辛。

第四章 内心的隐痛

伤痕

白居易在华阳观，一边温书，一边写诗，还一边牵挂元稹。每隔两三天，他就会去一街之隔的靖安坊，看元稹回来了没有。有一天，当他再去靖安坊时，看到了元稹的侍童，便问元稹是否已经回来，侍童说回来了，只是心情不好，不愿意见人。

出了这种事，心情不好很正常，不愿见人也正常。白居易放下心来。

见白居易并不进去，侍童说："白郎若想见我家主人，我家主人应该会见！"

白居易却说不了，还说只要告诉元稹，他来过就行了。白居易知道，此刻的元稹，不想被任何人打扰，包括他。而若元稹想要见他，也必定会来华阳观。

两天后，元稹来到了华阳观，他神情憔悴，眉宇间透着心事。

“微之，节哀顺变！”白居易说。

元稹点点头，坐在床榻上低头不语。白居易倒了碗酒，放在元稹面前，看着元稹慢慢喝完，随后又倒了一碗。元稹继续喝，两碗酒喝完，他抬头看着白居易。

“乐天，你就不想问我点什么？”

“你想说的时候，自然会说。”白居易的话音刚落，元稹的眼泪就流下来了。白居易从怀里摸出一条手帕，递给元稹。元稹接过手帕，并不擦眼泪，也不再说话。

白居易也不说话，只是陪在身边。

阳光透过客房外的大槐树洒下了点点斑驳，元稹看着那摇曳的树影，半晌，才缓缓说道：“这几天我有种感觉，觉得自己就像那大槐树的影子，是否摇摆，完全不由自主。”

“很多事都不由自主！人生一半在自己，另一半在自然。”白居易说，“生死，更加不由自主。”

元稹说：“我在想，命运为何那么爱和我开玩笑？先是赐予我一些东西，然后再突然从我手里夺走。”他边说边拿起碗，送到嘴边，才发现已经空了。

白居易没有给他继续倒酒，只叹口气说道：“咱们出去转转吧！”

白居易和元稹并肩朝观外走去，他们都没有说话。

两个人沿着田间小路走了很久。突然，元稹停了下来，看着白居易说：“七八岁时，我家境富裕，很受父母宠爱，那时的我无忧无虑，以为会一直这样生活下去，然后像父亲一样入仕。可谁知，仅仅一年的时间，我们先是家道中落，接着宠爱我的父亲又走了，最后，我和母亲、哥哥不得不过寄人篱下的生活。为了出人头地，我拼命读书，后来娶了太子少保韦夏卿的女儿。我以为，有了韦夏卿的庇佑，我在仕途上能够一帆风顺，实现我的政治理想，光耀门楣，可结果……”

元稹摇了摇头，苦笑了一下，看着白居易继续说：“乐天，你知道这意味着什么吗？”

“微之，我理解你。”白居易说，“突如其来的变化往往会让我们措手不及，计划好的事情，也常常因为种种原因产生变故。这就是人生。”

“是啊！太让人措手不及了！”元稹仰头看着天空，

“乐天，你说老天是不是故意和我作对？”

“不！微之，你不能这么想，横遭不幸，家道中落的人家不少，你家如此，和你无关；你娶韦家女儿，步入仕途，是凭你的才华。”白居易斩钉截铁地说。

“你真是这么看吗？你就一点儿都没有觉得，我是为了仕途，才去攀附韦家？”元稹越说越快，“乐天，我知道你不会看不起我，因为你懂我！可……可有时候，我都会怀疑我自己，看不起自己，因为……我当初真存有攀附韦家的心。”

元稹哽咽起来。

白居易的眼圈也红了。

“这两天我在想，或许是因为负了一个女人，才遭受如此报应。我在娶韦氏之前，曾经有过一个非常相爱的人。”

元稹向白居易说起了他和崔小迎的故事。

负心

元稹十岁那年来到凤翔，认识了比他小一岁的崔小迎，两个人经常在一起玩耍。十三四岁时，两个人互生好感。不过，当时元稹一门心思只想考取功名，没有将这份喜欢说出来。考上明经科后，元稹才向崔小迎表达了爱意。

崔小迎对他早就芳心暗许，爽快答应，她以为元家也会很快上门提亲，可左等右等都不来。

元稹在与崔小迎私订终身后，本来想告诉母亲，让母亲找媒人上门提亲，可当他看到母亲因操劳而过早衰老的面孔，突然明白，他不能娶崔小迎，他应该娶一个对他仕途有帮助的人家的女儿。

元稹的内心在经过一番挣扎后，决定做负心人。

虽然他不打算和崔小迎白头偕老，但也忍不住继续与崔小迎幽会。崔小迎好几次想问元家何时来提亲，可女孩子的矜持又让她不好意思开口。

一天晚上，元稹与崔小迎私会后，告诉她，他要去长安守选。

当时，科举制度规定，进士和明经及第后，有一个等待被选用的过程。崔小迎见元稹眼神躲闪，不敢直视自己，也就知道，她最担心的事发生了。

元家一直没有来提亲，崔小迎也曾怀疑过元稹会抛弃她，可她还是抱有一丝侥幸心理。

“你走了，我怎么办？”崔小迎问。

“等我！等我在长安获得一官半职，就回来迎娶你，然后带你一起去长安。”元稹说。

崔小迎没有说话，她只是静静地看着元稹。

元稹不敢再看崔小迎的眼睛，他低下了头。

“我知道了。”崔小迎说，“你志不在此，也不在我。”

“我答应过你，会娶你，你要相信我……”元稹伸手想揽崔小迎的腰，被崔小迎推开了。

“你在这里等着。”崔小迎一侧身，逃跑似的离开了，只留下一缕淡淡的脂粉香。

崔小迎弹得一手好琵琶，元稹迷上她，就是因为他误入崔家花园，看到了在闺房窗前弹琵琶的她。

没一会儿工夫，他便看到了坐在闺房窗前的崔小迎。就像他第一次见到她一样，微微颔首，轻轻拨动琴弦……一曲《霓裳羽衣序》传进元稹的耳朵。

元稹知道，崔小迎是在和他告别。

白居易这才知道，元稹两三年前写的《莺莺传》[1]，原型就是他和崔小迎。

1 | 《莺莺传》是唐朝传奇小说作品，对后世文言小说创作影响深远。后世各个版本的“西厢”故事，都以其为源头。

遗憾

“崔小迎现在怎么样了？”白居易声音有些颤抖，他脑子里浮出另一个人影，让他心微微痛了一下。

“她嫁人了。在知道我不会娶她后，就嫁人了。我曾去找过她，想以表哥的身份再见她一面，可她不见我。”元稹叹口气，“她让人给我带了一封信，信里说‘还将旧来意，怜取眼前人’。”

“看到信的那一刻，我知道……我永远失去她了。”

崔小迎是元稹一生的痛，抛弃崔小迎，也是他最难以启齿的事。

“微之，你能给我说这件事，我很感动。”白居易说，“你的不得已我能明白！因为我也感受得到你的这种痛苦！”

“乐天，你不会也……”元稹没有把“抛弃过女人”几个字说出来。白居易三十多岁还未娶妻，元稹曾问过他为什么，白居易说他要先入仕。元稹没有怀疑，在元稹眼里，白居易是可以为了政治理想而不近女色的。

“我曾辜负过一个叫湘灵的女子。”白居易说。

白居易讲起了他在宿州符离时，与青梅竹马的邻居湘灵的一段感情。

白居易生于河南新郑，他的父亲白季庚虽然官职不大，但能文善武。他的母亲陈氏也精通诗词歌赋。在父母的影响下，白居易很早就读书识字。由于聪明好学，父母对他寄予了很大的期望，希望他能成为下一个李白、杜甫。

白居易四岁那年，藩镇割据和宦官专权导致民不聊生，边患四起。频发的战争让他和家人长期生活在恐惧中。母亲陈氏为了躲避战乱，带着他和哥哥弟弟一起去了徐州。

当时，白居易的父亲白季庚正在徐州任彭城县县令。在徐州生活了四五年后，九岁的白居易再次因为战乱，跟着全家又迁到了宿州的符离。

虽然白居易的童年是在颠簸流离中度过的，但父亲和母亲却丝毫没有放松对他们三兄弟的教育。白居易四岁就能吟诗写诗，九岁时写的诗篇更是让旁人惊叹不已，父亲自然将白家的希望寄托在了他的身上。

在母亲的监督下，白居易发奋读书，直读得口舌生疮，握笔的手指也长出了厚厚的茧疤。

到了符离后，母亲一直叮嘱白居易不要和周围的孩子来往。但几个月后的一天傍晚，为了缓解眼睛疲劳，白居易抬头看窗外时，发现了趴在窗口的湘灵。

湘灵长着一双水灵灵的大眼睛，古灵精怪的。见白居易看她，湘灵自我介绍，说她是他家的邻居，说完就“咯咯”地笑起来。那天，湘灵走后，白居易怎么都看不进去书，他的眼前总是浮现出湘灵的脸；耳朵里，总是回响着她的笑声。

此后，湘灵便经常趴在窗口看白居易读书，有时候还会带一些野果子给白居易吃。白居易也经常趁母亲休息时爬出窗，和湘灵去屋后的小山玩。

时间一天天流逝，白居易和湘灵从少不更事的孩子长成了情窦初开的少男少女。

偷偷爬出窗，和湘灵并排坐在后山上看繁星，成了白居易一天里最为期待的事。白居易没注意到，湘灵的笑里多了些羞涩。

白居易的心里都是湘灵。在湘灵的心里，白居易也成了她唯一要嫁的人。

十五岁那年，白居易写了一首《邻女》：“娉婷十五胜天仙，白日姮娥旱地莲。何处闲教鹦鹉语，碧纱窗下绣床前。”

这首诗，捅破了他们感情的窗户纸。白居易向湘灵许诺非她不娶，而湘灵也对着月亮发誓，非白居易不嫁。

白居易知道母亲不会同意他和湘灵来往，就一直瞒着母亲，偷偷和湘灵约会，但喜欢一个人是瞒不住的。他们之间的事还是被陈氏发现了。陈氏坚决反对，理由是门不当，户不对。

白居易据理力争，称白家与湘灵家已经成为邻居，就是门当，户对。白居易的辩解让陈氏阻止他们交往的心更坚定了，甚至以死相逼。

白居易很孝顺，母亲又有“心疾”（情绪不稳定），为了不让她受刺激，只好表面答应和湘灵分手。不过，他们私下依然偷偷往来。

白居易和湘灵的约会再次被母亲发现。为了将他们彻底拆散，陈氏在白季庚去世后，以需要白居易赚钱养家为由，让他去了江南的一个亲戚家。

那一年，白居易二十岁。

离开符离的前一天深夜，白居易和湘灵偷偷相见，他们抱头痛哭，互诉衷肠，发誓不负少年之约……

白居易讲到这里，声音有些哽咽了。

“原来是这样啊！乐天，你们是如此的相爱……”元稹流下了眼泪，“那湘灵，如今有没有嫁人？”

“我现在已经没了她的音讯，前些时间，我曾遇到符离的一个熟人，他说湘灵和家人为了躲避战乱搬走了，搬到哪里也不知道。”

“如果她还没有嫁人，那……”元稹没有说下去。

“这是我最为痛心的地方，如果她嫁人了，我心里还会好受一些，可……可是……是我误了她，是我不敢违背母亲意愿，我是个懦弱之人，我违背了承诺。”

白居易终于哭了出来。

“不！你一点儿也不懦弱！”元稹说，“你是因为担心阿娘身体，才不得不辜负湘灵的。况且，你如今还未娶妻，不正是遵守了你对她的承诺吗？”

“为了尽孝，我不能娶湘灵。可我也不想违背对湘灵的承诺，我只能用不娶妻来信守诺言。”白居易说。

“你是君子！”元稹说，“和你相比，我……我对小迎……唉！”

“我倒情愿我和湘灵能够像你和小迎一样，我希望她能嫁人……”白居易再次哽咽。他不知道，一直不嫁人的湘灵要如何生活，更不知道，在母亲的不断催促下，他还能坚守承诺到什么时候。

“再等等吧，再等等。”白居易仿佛是说给自己听。

白居易也不知道等什么，或许对他来说，坚持得久一点，他就会心安一点。

这天，白居易和元稹，将隐藏在他们内心的最私密的感情倾诉给了对方。把内心最不堪的地方都剥开给对方看了，白居易和元稹的心，似乎更近了一些。同时，他们从对方的身上，也看到了自己的影子。

第五章 华阳观的最后日子

胡饼

韦夏卿离世，元稹的仕途之路只能靠自己。

白居易和元稹越发努力，元稹几乎也住到了华阳观，他们同吃、同睡、同复习。

随着制举时间的临近，白居易和元稹又陷入到了既紧张又兴奋，还夹杂着些许失落的情绪中。

他们知道，考试结束后，这种日夜相守的日子将一去不复返，他们很快就会迈进官场。

离考试时间越来越近了，刚刚还在激烈讨论、欢歌笑语的白居易和元稹，经常会不约而同地陷入到沉默中。沉默的时候，他们会看着客房外的大槐树发呆，或者躺在床榻之上，虽翻来覆去却睡不着。

一日，两个人又坐在客室内大谈国政，刚谈了两句，就又怔怔地发起呆来。

室内安静急了，只听得见大槐树上叽叽喳喳的鸟叫声。

不知过了多长时间，元稹回过神来，冲白居易一笑说：“乐天，其实也没什么，虽然以后不能像现在一样朝夕相处，但授官后，我们同在朝堂为官，还是可以随时见面的。”

白居易知道这是一句安慰话，便在脸上挤出一丝笑说：“到时候，我租个离靖安坊近一点的地方，咱们就又可以喝酒吟诗、游玩观景了。”

“到了那时，你我的俸禄也就多了，我们还可以找几个美娇娘给我们跳舞、奏乐！”元稹哈哈笑着说，“这样的生活，不也很快乐吗？”

这种想法，只是他们的美好想象，他们心里都很清楚，即便他们都能顺利考中，也未必就会都留在长安。如果不能留在长安，去了外地做官，别说一起饮酒吟诗，怕是几年都未必能见上一面。

即便不能分在一起，不是还可以鸿雁传书吗？他们在心里如此安慰自己。只是，那鸿雁传书，又哪里能比得上现在？

白居易和元稹，在精神上，也完全依赖上了对方。

好好备考，争取都能留在京城，成了白居易和元稹的目标。为此，他们没日没夜地温书，婉拒了很多次朋友的邀约。

离考试还有两天的时候，元稹起床后发现白居易不在。再一看,自己的枕边放着一张纸条,上面写着:光景嗟虚掷,云宵窃暗窥。

元稹读罢，翻过纸条，也在背面上写了两句诗，放在白居易的枕头底下。刚放好，就听到了白居易急促的脚步声，随即闻到了一股芝麻香。

“胡饼！”元稹猛吸一下鼻子说。

元稹刚说完，白居易便进来了，大声说:“微之，看我买来了什么?你最喜欢的胡饼。”

胡饼是白居易和元稹来华阳观前经常吃的食物，由于卖胡饼的店家离华阳观比较远，他们已经很长时间没有吃了。两天前，元稹吃饭时说，他想念辅兴坊的胡饼了。白居易记在了心里。

辅兴坊的胡饼，在京城最有名，白居易想去给元稹买，但买来就冷了，也就不好吃了。昨天，听道观一信士说，观外有家胡饼做的不错，今日一早，白居易悄悄起床，想给元稹个惊喜。

“刚出炉的，看，还冒着热气。”白居易将两个胡饼塞到元稹手里，“快，趁热吃！”

元稹咬了一口，又脆又香。

“怎么样？比辅兴坊的怎样？”白居易问。

“乐天买的，自然比那辅兴坊的还好吃。”元稹闭着眼，夸张地说。

白居易看着元稹吃饼，满足地笑了。

吃过胡饼，两个人没有温书，他们仔仔细细地走遍了观内每个地方。这是陪伴了他们将近一年的地方，他们知道这个地方以后会是他们人生中最值得纪念的地方。

晚上，白居易临睡前，发现枕头下的纸条，看到了元稹写给他的两句诗：

不是眼前无外物，不关心事不经心。[1]

---

1 | 出自《赠乐天》，作者是元稹。

考试结束后，白居易和元稹已不再像几年前考完“书判拔萃科”一般，第一时间去问彼此的情况，他们只是相视一笑，便相约骑马去郊外游玩。

他们没有谈论考题，游玩回来后，又一起去了酒楼喝酒。

去酒楼喝酒，是元稹提议的，白居易本来想去酒肆。

“乐天，这次你一定要听我的，咱们刚考完，必须去个好一点的地方庆祝。”元稹说。

“说庆祝为时尚早，等揭榜后再说吧。”白居易说，“今天刚考完，咱们以放松为主，紧张这么久了，去酒肆好，比较随意。”

元稹坚持去酒楼，白居易欲言又止，不得不跟着元稹走，走到荔枝楼下，白居易停下了。

荔枝楼，顾名思义，荔枝是主打。长安不产荔枝，需要从遥远的南方运来，是稀罕物，非常贵。荔枝楼是高档酒楼，招牌就是用荔枝下酒。

“微之，咱们还是不要进去了吧，以后再来这里喝。”白居易说。

元稹并不停步，从背后推着白居易往前走。白居易在心里暗暗埋怨元稹。他在考前说过，考完后由他请元稹喝酒，可他囊中羞涩，请元稹去酒肆喝酒没问题，去荔枝楼就捉襟见肘了。

元稹明白白居易的心思，小声道：“不用担心酒钱的事，我今天带的银两，足够咱们大吃一顿的。”

白居易越发尴尬了，说今天必须由他来请。

白居易坚持由他请，除了之前大多是元稹请他外，还因为韦夏卿去世后，没有了韦家帮衬，元稹的经济也不宽裕。

“好！今天你请客，我付账！”元稹不由分说道，“我如今虽不如以前宽裕，但今天来荔枝楼，还是付得起的。”

“微之，咱们何时能够上任还是个未知数，如今又没有俸禄，不能这么……”

白居易没能说下去，他被元稹连拖带拽地带进了荔枝楼。

元稹 定要来荔枝楼，并非只是贪恋荔枝楼的酒菜，还想让白居易好好地吃上一顿。白居易在华阳观的一年多时间里非常节俭，多以素食为主。

“今天咱们都多吃点！”元稹看着消瘦的白居易说。

刚落座，元稹就熟练地点了一壶烧酒，又要了一盘蒸羊肉。

荔枝楼的羊是现杀。只见一名庖厨牵着一头活羊，来到了白居易、元稹和其他点了蒸羊肉的客人面前，给他们展示。客人仔细看过活羊后，疱厨拿起一把明晃晃的尖刀，只一眨眼工夫，便将刀插到了羊的颈部。

庖厨的手法干脆利落，那羊未哼一声便死了。

疱厨在给羊放血后，又剥皮斫肉。最后，元稹和白居易在选好羊身上的几块肉后，便安心等蒸羊肉上桌了。

半壶酒喝完，半盘醋芹下肚，他们的蒸羊肉也上桌了。两人大快朵颐，吃得身上、脸上汗珠直冒。

“过瘾！”白居易咂着嘴说，“真是太过瘾了！”

元稹笑着说：“若是去那酒肆，哪有这样的美味让我们享用？”

“哈哈，这里的蒸羊肉虽味美，可价格也……”

白居易还未说完，元稹便朝他一摆手说：“乐天，此时只谈美味。”

“好，咱们说点别的。”白居易擦了擦嘴，“微之，最近我一直在想，此次我们若能还像做校书郎时那样共事，就要一起做出点事出来！”

“那是自然。乐天，咱们一起竭力劝谏，阻止宦官专权，去扭转朝廷的腐败局面。”元稹说。

“咱们还要发起新乐府运动。”白居易说。

“让新乐府运动从京城，一直漫延到全国。”

“若真能这样就好了。”白居易激动起来，“微之，新乐府运动，我们必须多说服几个人来参与。”

元稹点了点头说：“咱们可以去说服王建参与。”

白居易刚要再说，元稹打断他：“先不说这些，这里不是谈国事的地方，是品尝美味的地方。”

“好！只喝酒！”白居易端起一杯酒，冲元稹说，“我们一醉方休。”

“一醉方休！”元稹端起酒杯，和白居易的酒杯碰了一下。

三壶酒，一盘蒸羊肉吃完后，白居易和元稹都晕乎乎的，元稹又开始叫酒。

“微之，我已经晕了。”白居易说，“看你的样子，也醉了。”

“咱们……咱们可是冲着荔枝来的，荔枝还没有吃呢。”元稹微眯着眼说。

酒和荔枝很快就上来了，两个人就着荔枝喝酒，喝到一半时，两人已酩酊大醉。

“两个……两个乐天！”元稹指着对面的白居易，大笑着说。

“我面前，也有……也有两个微之！”白居易也大笑着说。

元稹起身，摇晃着身体，围着白居易开始唱歌，唱的是白居易写的那首《七德舞》。

元稹唱得一字不差，白居易既惊又喜——这首诗，他写完后，并没有刻意拿给元稹看，只是放在桌上，没想到他竟已熟背。

他踉跄着起身，将元稹的酒杯倒满，吟唱起自己作的《劝酒》诗：“劝君一盏君莫辞，劝君两盏君莫疑，劝君三盏君始知……”

第六章 初入仕

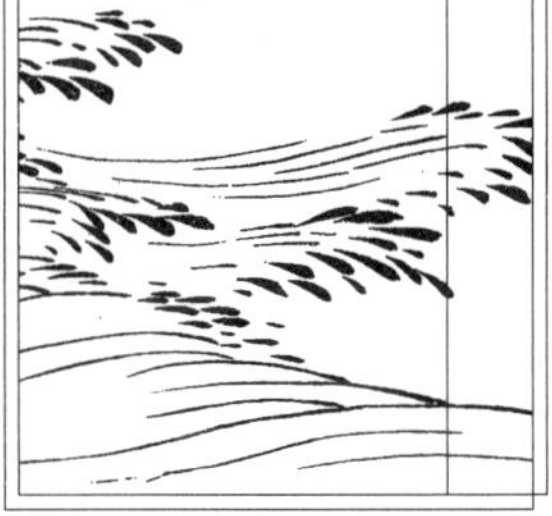

醋芹

元和元年（公元 806 年）四月，制举成绩出来了，元稹和白居易皆榜上有名，元稹还是榜上十八人中的第一名，白居易位列第四。

元稹既兴奋又为白居易惋惜。而白居易虽有遗憾，却因为元稹考了第一而高兴，便执意要为他庆祝。

白居易请元稹去平康坊。

元稹知道白居易的经济情况，便说白居易若一定要请，那就不去平康坊，地点由他来定。

“你想去哪儿？”白居易问。

“尚书楼。”元稹说。

白居易明白了，元稹这是在为自己省钱。

“今天肯定要喝个尽兴，若想喝得尽兴，就会大醉，醉倒在平康坊，惹出什么笑话，有辱斯文。醉倒在尚书楼，就是躺在地上，也无伤大雅。”

白居易从华阳观搬出来后，本来想要再租个房子，但元稹却说此时租房为时尚早。白居易一想，确实如此，还不知道会被授予什么官职，也不知道未来是否会留在京城，不如上任后再租赁。可不租房，自己又要住到哪里去呢？

就在白居易为难的时候，元稹提议白居易可以暂时住在自己在靖安坊的家中。

白居易有些犹豫，觉得不方便，元稹又说，只是暂住，不会很麻烦。白居易没有更好选择，也就暂时住进了元稹在长安的家里。

让白居易借住在自己家，已经是在为他省钱了，如今白居易请客，元稹又提出在家里喝酒，依然考虑到了他的经济状况。白居易既感动，又有些不是滋味，可自己确实不宽裕。

元稹看出白居易的心思，便说："这个季节，在家里喝酒更好，到时候，咱们坐在窗前，就着美食美酒，赏月赏花，岂不比在平康坊更好？"

尚书楼的窗前有两棵辛夷树，不仅枝繁叶茂，而且花期未过，香气扑鼻。白居易不想再拂元稹的好意，就同意了。

于是，白居易拿出几枚铜钱，交给元稹的家仆，让他买了两壶黄醅酒、四碟切鲙、两碟醋芹。

黄醅酒呈琥珀色，黏稠浓密，是长安有名的好酒；切鲙是将生鱼切成片，在当时价格并不便宜；醋芹虽然不贵，但吃起来清新爽口，是上好的下酒菜。

这天晚上，月似银盘。月色笼罩着坐在窗边的白居易和元稹，却为他们增添了些许的惆怅。他们一边饮酒，一边聊天。聊天的内容，无不是在猜测他们即将被任命的新职位。

元稹此次制举甲等，职位不会低，可白居易就很难说了。不过，元稹虽然不用担心职位，却更希望能与白居易共事。

元稹这么想，是他虽然曾做过两年校书郎，但因为校书郎职位的特殊，算不上真正进入仕途。此次入职，严格来说，是他入仕后的第一个职位。

初入仕途的他还不知道如何在官场上行走，一切都在摸索阶段。如果身边能有白居易，一旦遇到问题，他们可以互相商量，彼此提醒。

元稹的想法，白居易岂能不知？不由得轻叹一声，责怪自己没有考好。

白居易很清楚，自己只考了个第四，很大概率是没有机会和元稹共事了。元稹位列甲等，不出意外的话会留在京城，可自己呢？留在京城的可能性有多大？如果被外派，又会派去哪里呢？只能祈求神灵保佑了。

不安的情绪，在白居易和元稹之间漫延，面对美食美酒美景，他们根本无法喝得尽兴。

他们的内心，对未来既期待又不安。

拾遗

元稹被授左拾遗[1]，白居易暂时未被授官。

左拾遗是谏官。左右拾遗由武则天所设，虽职能一样，品级也一样，但所属的部门不一样，左拾遗隶属门下省，右拾遗隶属中书省。

左拾遗虽然品级不是很高，但因为主要工作是给皇上“提意见”，因而属于天子近臣，是皇上的供奉官之一。

虽说伴君如伴虎，但因为能和皇上直接打交道，也就有了更多被提拔的机会。这是很多初入仕者都希望拥有的职位。

在被授予左拾遗后，元稹第一时间就去和白居易说。不过，内心狂喜的他，考虑到了白居易的心情，还是有些克制。

---

1 | 官职名，主要职责是捡起（皇上）遗漏的东西（政策决策失误），隶属谏诤机构。

“微之，恭喜你，真为你高兴！”白居易虽然由衷祝贺，但还是有些失落。

元稹看出了白居易的落寞，安慰他说：“你很快也会被授官的，有可能同授左拾遗。”

白居易心里清楚，他此次被授左拾遗的机会非常渺茫，也便转移话题道：“希望微之借此职位步步高升！”

“希望皇上能接纳我的意见！”元稹说。

只有被皇上接纳，才有机会步步高升；只有自己的提议被皇上接纳，才有机会实现自己的政治抱负。初入仕途的元稹，希望自己能够在此职位上一鸣惊人。

元稹抱着满腔热血，誓要实现他和白居易在华阳观时所说的理想：改变黑暗腐败的官场，结束宦官掌权的局面。

为了达到这个目的，刚一就任，他就上疏献表，第一个奏本是“论教本书”，在这个奏本里，他对太子的教育提出了颇具建设性的意见。

“论教本书”的内容，是元稹和白居易在华阳观的时候无数次讨论过的，思想很成熟，也便于实施。唐宪宗看了顿觉眼前一亮，对他赞赏有加。

唐宪宗的赞赏，让元稹很振奋，他趁热打铁，马上又写了一份奏疏，直接指出了当前谏官制度的弊端。此奏疏再次因独到的观点而受到了唐宪宗的赞赏，唐宪宗频频召见他。

再次见到白居易时，元稹兴奋地对他说：“看来，之前我们担心天子不重视劝谏是过虑了，可见国家还是有希望的！”

白居易听了元稹的话，在为他高兴的同时，有了隐隐的担心。他知道，元稹奏疏里的问题其他朝臣并非不知道，但却没有一个人提出来，这显然是不正常的。

不愿提就必然是有所顾虑。元稹这初出茅庐的新人锋芒太盛，很可能会惹麻烦。

宝剑藏匣，锋芒暗蕴。白居易想用这句话提醒元稹，可又觉得此时元稹正是踌躇满志之时，不想打击他的热情。再说，元稹如此行为，也正是他的魅力所在。

元稹刚一上任，就受到了皇上的青睐，这让朝中的权臣嫉妒。恰在这时，曾任监察御史、被贬到河南府任功曹的裴度正好又上了一道密奏，在密奏中言说朝中有佞臣，矛头直指宰相杜佑。

当裴度的这道密奏呈在唐宪宗面前时，元稹正好也在。唐宪宗看过密奏后，也就随口问元稹密奏里所说可是事实？如果是其他臣子，必定会权衡利弊后再站队，或者为了避免站队，会用模棱两可的回答。

元稹没有，他毫不犹豫地支持裴度，而且说裴度所言非虚。

唐宪宗若有所思，但并没有追究这件事，但此事却传到了杜佑的耳朵里，杜佑大怒。

“那元稹，真是太不知天高地厚了！”

杜佑将元稹视为了他的政敌，这样的人怎么能留在皇上身边呢？杜佑决定将元稹赶出京城。

谏官本就是个得罪人的差事，再加上元稹在宫里没有任何靠山。因此没过多久，杜佑就以河南府河南尉需要元稹这样的人才为由，将他赶到了河南，任河南府河南尉。

贬谪

元稹初入仕，便遭到如此打击。

河南府河南尉属正九品下，不仅品级比左拾遗的从八品上低，更主要的是他被踢出了皇帝的近臣队伍。

元稹的惊讶和愤怒无法诉说，只能说给白居易听。

白居易想过，以元稹的行事作风，很可能会被排挤，却没有想到会被贬得如此之快。他不知道该如何安慰元稹，白居易知道自己的安慰很无力。

元稹的被贬，对他也是个提醒，在官场行走，绝不是单靠能力，就能有所作为的。

“微之，此次你的被贬，很可能和你支持裴功曹有关。”白居易说。

元稹曾经和白居易说过裴度上密奏的事，白居易得知元稹的反应后也曾暗叫不好。

元稹一听，恍然大悟。

“我怎么就没想到，我支持裴功曹，就是在变相的反对杜公？”元稹愤愤道，“不过，这不也恰好说明，裴功曹说的没错，皇上身边有奸佞吗？这杜公，就是奸佞之臣！”

元稹越说越气愤，越说越后悔，他后悔当时自己说话太直接，得罪了小人杜佑。

“乐天，我支持裴功曹有错吗？”

“你没有错，身为左拾遗，你嫉恶如仇，不畏权贵，我非常佩服！”白居易说。

“可我一心报国，他们不容我啊！”元稹又说。

“你一心报国更没有错，如今朝廷黑暗腐败，奸臣佞臣自然不容你。我们走仕途路，不就是因为想要改变这些的吗？”

灞桥

元和元年九月的一天，秋风微凉，细雨如丝。白居易送元稹踏上了前往河南的路程。

不过，白居易还未将元稹送到长安东门，便与他告了别。

东门外是灞桥[1]，但白居易送元稹时，却连东门都不出——他不忍心与元稹别离。

“微之，就此作别吧！”白居易说，“一路保重！”

元稹知道白居易心思，重重地点了点头：“就此作别！”

元稹转身大踏步朝前走，走着走着，眼泪就模糊了他的双眼。

白居易站在那里，久久地看着元稹越走越远的背影，直到那背影完全消失不见。

雨越下越大，白居易走在风雨中，看梧桐叶在风雨中

---

1 | 始建于春秋时期，中国古代十大名桥之一。常见于古代诗词创作中，有离别之地的寓意。

飘落，顿时有种萧瑟感。

此时的白居易，心情就如那飘落的梧桐叶。

送走元稹后，白居易倍觉凄凉，既为元稹的离开伤感，也为自己的未来担心。

回到住处，他便写下了：

零落桐叶雨，萧条槿花风。
悠悠早秋意，生此幽闲中。
况与故人别，中怀正无悰。
勿云不相送，心到青门东。
相知岂在多，但问同不同。
同心一人去，坐觉长安空。[1]

白居易的担心并非多余，虽然他还没有被授官，不过，朝中权臣已经见识到了元稹的“不识抬举”，对于和元稹交好的白居易也就有了排斥，他们以“对策语直，不得谏官”

1 丨唐代 · 白居易《别元九后咏所怀》。

为由，将他外派到了盩厔（今西安周至）任县尉。

诏令下来后，白居易悬着的心，反而落了下来。

在元稹被贬去河南府时，白居易就已经有所准备了。接到诏令，他马上将自己外派盩厔的事写信告诉了元稹。元稹看到信后，既愤怒又愧疚，觉得是自己影响了白居易的前程。

白居易早知元稹会自责，为了不让他难受，写信安慰他说："何出此言呢？你都不在京城，独我留在朝堂之上，又要如何面对那些权贵佞臣？"

白居易说的是心里话。在为人处事上，他甚至还不如元稹会变通，即便他也被授予了左拾遗，又能在京城待多久呢？说不定还没有元稹待的时间长。

"微之，外派盩厔任县尉我并不伤心，我伤心的是，你我二人以后就很难再见上一面了。"

就这样，白居易和元稹，一个在盩厔任县尉，另一个在河南任县尉。仕途的不顺，他们只能通过写信来互相安慰，互相鼓励。

长恨

在盩厔任职的白居易总是郁郁寡欢。

一日，家在盩厔的陈鸿和王质夫邀请他同游仙游寺。

陈鸿是太常博士，也是有名的小说家，而王质夫是外戚——王皇太后（唐宪宗的母亲）的族人。不过，王质夫虽是外戚，却不喜欢入仕，是个潇洒不羁、云游四方的隐士。

白居易心情不好，正想着出去散心，也就跟着去了。

仙游寺位于盩厔城南十七里处的黑水峪口，始建于隋朝，曾是隋文帝杨坚的避暑行宫，当时叫仙游宫，之后为了安置佛舍利，隋文帝杨坚又易宫为塔，将其改名为仙游寺。

仙游寺在黑河南边，黑河北边还有座寺，叫中兴寺。仙游寺和中兴寺中间，有个仙游潭。仙游潭在当时是诗人们常去游玩的地方。

白居易和陈鸿、王质夫先去了仙游潭，然后又去游览了仙游寺，最后他们登上了寺外的一座山。

三个人正远眺时，陈鸿突然长叹一声，白居易和王质夫一起看向他。

陈鸿没有说话，只是用手指了指前方，白居易和王质夫朝他所指方向一看，也都长叹了一声。

“马嵬坡下泥土中，不见玉颜空死处。”白居易轻轻吟了一句，瞬间就红了眼圈。

王质夫定定地看着白居易，若有所思。

让他们三个人都长叹的地方，是距离仙游寺不到两千米的马嵬驿。

天宝十四年（公元756年），安禄山以“忧国之危，奉密诏讨伐杨国忠以清君侧”为由，起兵叛乱。拥兵边陲，骁勇善战的安禄山迅速攻占长安，杨国忠因为无力抵抗，致使唐玄宗李隆基不得已带着宠妃杨玉环及众妃嫔、亲信，仓皇出逃四川。

逃亡中的士兵在马嵬驿逼宫，他们先用乱刀砍死了杨国忠，然后逼唐玄宗赐死杨玉环。

站在山巅上看着马嵬驿方向的白居易，似乎听到了将士们愤怒的呐喊声。

“陛下！”白居易一怔，他的耳边突然响起了一个微颤的声音，他仿佛看到流着眼泪的杨玉环，还看到唐玄宗伸出微颤的手，试图去拭杨玉环脸上的泪珠，但终究没有碰到爱妃的脸庞。

“多谢陛下。”杨玉环柔软的声音重重地敲击在了白居易心上，他的心随之一颤。

白居易闭上了眼睛，好像又看到马嵬驿前，杨贵妃正一步三回头地缓缓走向一棵大树……

“盛宴散去，红尘梦醒，一代绝世美女，在马嵬驿香消玉殒。唉！”

此话一出口，白居易已经泪流满面。

王质夫默默地看着白居易，见白居易满脸是泪，便又看了看陈鸿说：“你二人，一个擅写小说，一个擅作长诗，为何不将此事记下来呢？”

王质夫的话让白居易和陈鸿一震，他们同时将眼神转向远处的马嵬驿。

“白二十二，怎么样？有没有兴趣写？”陈鸿问。

白居易没有说话，他继续看向马嵬驿，也再次看到了杨玉环挂着泪痕赴死的场面。

他紧闭着眼，沉思良久。

“王山人，如果我写此诗，需要了解很多宫闱秘事，你可愿意……”

白居易虽然没有说完，但陈鸿和王质夫都知道了他的意思。

“等着吧！明日回复你们！”王质夫说道。

这天晚上，白居易、陈鸿和王质夫住进了仙游寺的禅房里。第二天一早，不等白居易和陈鸿问，王质夫便对他们说：“你们写吧！凡是我知道的，定会如实相告。”

就这样，三个人当场约定，陈鸿著文，白居易写诗。

“我看咱们暂时不用回去了，在仙游寺住几天，写完再下山。”白居易说。

陈鸿和王质夫都觉得这是个好主意。于是，白居易和陈鸿守青灯，吃素斋，各用了三天三夜时间，一个写成了惊天地、泣鬼神的长诗《长恨歌》；另一个写出了缠绵悱恻的小说《长恨传》。

在这三天里，白居易真正写作的时间并不长，只有一炷香的时间，其他时间，要么是听王质夫讲宫闱秘事，要么是独自酝酿。理清思路后，他笔走如飞，一气呵成：

汉皇重色思倾国，御宇多年求不得。
杨家有女初长成，养在深闺人未识。
天生丽质难自弃，一朝选在君王侧。
回眸一笑百媚生，六宫粉黛无颜色。
春寒赐浴华清池，温泉水滑洗凝脂。
侍儿扶起娇无力，始是新承恩泽时。
云鬓花颜金步摇，芙蓉帐暖度春宵。
春宵苦短日高起，从此君王不早朝。
承欢侍宴无闲暇，春从春游夜专夜。
后宫佳丽三千人，三千宠爱在一身。
金屋妆成娇侍夜，玉楼宴罢醉和春。
姊妹弟兄皆列土，可怜光彩生门户。
遂令天下父母心，不重生男重生女。
骊宫高处入青云，仙乐风飘处处闻。

缓歌慢舞凝丝竹，尽日君王看不足。
渔阳鼙鼓动地来，惊破霓裳羽衣曲。
九重城阙烟尘生，千乘万骑西南行。
翠华摇摇行复止，西出都门百余里。
六军不发无奈何，宛转蛾眉马前死。
花钿委地无人收，翠翘金雀玉搔头。
君王掩面救不得，回看血泪相和流。
黄埃散漫风萧索，云栈萦纡登剑阁。
峨嵋山下少人行，旌旗无光日色薄。
蜀江水碧蜀山青，圣主朝朝暮暮情。
行宫见月伤心色，夜雨闻铃肠断声。
天旋地转回龙驭，到此踌躇不能去。
马嵬坡下泥土中，不见玉颜空死处。
君臣相顾尽沾衣，东望都门信马归。
归来池苑皆依旧，太液芙蓉未央柳。
芙蓉如面柳如眉，对此如何不泪垂？
春风桃李花开夜，秋雨梧桐叶落时。
西宫南内多秋草，落叶满阶红不扫。

梨园弟子白发新，椒房阿监青娥老。

夕殿萤飞思悄然，孤灯挑尽未成眠。

迟迟钟鼓初长夜，耿耿星河欲曙天。

鸳鸯瓦冷霜华重，翡翠衾寒谁与共?

悠悠生死别经年，魂魄不曾来入梦。

临邛道士鸿都客，能以精诚致魂魄。

为感君王辗转思，遂教方士殷勤觅。

排空驭气奔如电，升天入地求之遍。

上穷碧落下黄泉，两处茫茫皆不见。

忽闻海上有仙山，山在虚无缥缈间。

楼阁玲珑五云起，其中绰约多仙子。

中有一人字太真，雪肤花貌参差是。

金阙西厢叩玉扃，转教小玉报双成。

闻道汉家天子使，九华帐里梦魂惊。

揽衣推枕起徘徊，珠箔银屏迤逦开。

云鬓半偏新睡觉，花冠不整下堂来。

风吹仙袂飘飖举，犹似霓裳羽衣舞。

玉容寂寞泪阑干，梨花一枝春带雨。

含情凝睇谢君王，一别音容两渺茫。
昭阳殿里恩爱绝，蓬莱宫中日月长。
回头下望人寰处，不见长安见尘雾。
惟将旧物表深情，钿合金钗寄将去。
钗留一股合一扇，钗擘黄金合分钿。
但教心似金钿坚，天上人间会相见。
临别殷勤重寄词，词中有誓两心知。
七月七日长生殿，夜半无人私语时。
在天愿作比翼鸟，在地愿为连理枝。
天长地久有时尽，此恨绵绵无绝期。

第七章 尔我同心

诗魔

白居易的这首叙事长诗辞藻华丽，文笔精湛，将叙事和抒情，真实和想象相结合，既写了唐玄宗和杨贵妃的旷世奇恋，也对唐玄宗沉迷女色而懒政的做法给予了抨击。

写完《长恨歌》后，白居易瘫坐在椅子上，一动不动。

王质夫见他一直关着门，一点儿动静都没有，有些担心，拼命敲门，一边敲还一边叫白居易的名字，直敲得周围房间的住客以为发生什么事了，全都涌出来，白居易才开了门。

当白居易打开门，王质夫吓得瞪大了眼睛。只两天没见，白居易就像老了三岁，头发和胡子乱糟糟的，整个人憔悴不堪。

“发生什么事了？”王质夫问，“白明府（县尉），白二十二，你这是怎么了？”

白居易并不答话，指了指案上摊开的那首《长恨歌》。

王质夫看完，有种说不出来的感觉。他久久地看着白居易，像是刚认识他。这是一首传世之作！

他快步冲出房间，叫来了陈鸿。陈鸿看过后，惊叹不已。

“佳作！绝对佳作！难得的佳作！”陈鸿说。

“白二十二！你这首《长恨歌》，定会流芳百世！”王质夫说。一向洒脱淡然的他，激动得声音微颤，眼神发亮。

“你这趟仙游寺没有白来。”陈鸿说，“乐天，你写得实在太好了，与你的《长恨歌》相比，我那篇《长恨传》，都不好意思拿出手了。”

陈鸿的《长恨传》，原本写的也不错，但与白居易的《长恨歌》一比，确实逊色了很多。

“你们一个是诗，一个是小说，不能比，也不用比。”王质夫说。

从仙游寺回去后，白居易马上就将这首《长恨歌》寄给了元稹。元稹更是赞不绝口，直可惜他没有陪白居易去仙游寺。

“乐天，有天晚上，我竟然做梦去了你所描写的‘排空驭气奔如电，升天入地求之遍。上穷碧落下黄泉，两处茫茫皆不见。忽闻海上有仙山，山在虚无缥缈间’的仙境。在梦里，我看到你微笑着，站在虚无缥缈间……”

看了元稹的评价，白居易笑了。

之后，《长恨歌》便经陈鸿、王质夫、元稹等人传了出去，整个诗坛震惊了，甚至全国都震惊了。大家在惊叹这首《长恨歌》文采斐然的同时，也开始搜集白居易的其他诗。

白居易从此拥有了众多崇拜者，有个叫葛清的偏执青年，因为太过喜欢他的诗，竟然将他的诗纹满了全身。

这还不够，葛清还裸露着刺有诗的胸和胳膊在大街小巷行走，引得众人前来围观。此怪异的举动，又被人戏称为“白舍人行诗图”。

白居易想过他的《长恨歌》会被人喜欢，但却没有想到会引起如此轰动，会被人如此追捧。

“微之，我觉得趁此机会，可以推行咱们的‘新乐府运动’了。”白居易写信给元稹说。

“是的，乐天！希望有越来越多的人加入到我们的新乐府运动中来。”元稹回信说。

就这样，借着《长恨歌》的势头，白居易又接连创作了几十首反映民生疾苦、社会弊端的诗歌。其中就有《卖炭翁》：

卖炭翁，伐薪烧炭南山中。

满面尘灰烟火色，两鬓苍苍十指黑。

卖炭得钱何所营？身上衣裳口中食。

可怜身上衣正单，心忧炭贱愿天寒。

夜来城外一尺雪，晓驾炭车辗冰辙。

牛困人饥日已高，市南门外泥中歇。

翩翩两骑来是谁？黄衣使者白衫儿。

手把文书口称敕，回车叱牛牵向北。

一车炭，千余斤，宫使驱将惜不得。

半匹红绡一丈绫，系向牛头充炭直。

《卖炭翁》再次引起了诗坛的哗然，同时还引起了朝臣的震动，整个京城都在传诵。

元稹写信赞赏了这首《卖炭翁》，说不仅揭露了宫市的腐败，还表达了对底层民众的同情，尤其是人物刻画得栩栩如生，最后元稹说：“乐天，你的诗写的越来越好了，跟你一比，我很惭愧。虽然如此，为了积极响应新乐府运动，我也献献丑，写两首吧！”

于是，元稹写了两首反映劳动人民受压迫的《田家词》和《织妇词》。《田家词》中的“牛吒吒，田确确。旱块敲牛蹄趵趵，种得官仓珠颗谷”和《织妇词》中的“早征非是官人恶，去岁官家事戎索”，也引起了很大的反响。

之后，李绅写了《新题乐府》二十首诗交给白居易。刚刚加入新乐府运动的张籍和王建，也分别写了《野老歌》《水夫谣》等为惨遭剥削的农民鸣不平的诗歌。

扶持

在白居易、元稹、李绅、张籍和王建等人的影响和推动下，越来越多的诗人加入到了新乐府运动中来。白居易非常兴奋，他写信告诉元稹，说他们推行“新乐府运动”的目标马上就要实现了。

元稹在为白居易高兴的同时，也为自己不在京城而遗憾，他在给白居易的回信中说：“如果我们都在京城，这场文学运动，肯定会比现在的影响力还大。”

这是元稹的遗憾，也是白居易的遗憾。白居易希望这场运动的火能烧到朝堂之上，能让朝廷关心百姓疾苦，也让被无辜贬去河南的元稹以及被外派到盩厔的自己回到京城。

“微之，只要我们坚持下去，使更多人警觉醒悟，离我们梦想中的清明政治也就不远了。”

此时的白居易，对肃清腐败的朝廷依然充满信心。

然而，白居易的这封信送出去后，却迟迟没有收到元稹的回信。这种情况很少见，以前元稹收到他的信，都会在第一时间回信。

“微之那里莫非出什么事了？”白居易想。

就在白居易为元稹担心的时候，他收到了回信，信中，元稹说他母亲去世了，他刚刚辞去职务，准备带妻子韦丛回长安丁忧。当时，官员父母去世需要辞去官职回家守孝二十七个月，也就是丁忧。

母亲的去世，让元稹悲伤不已，他知道这和他被贬河南不无关系，这让他觉得很对不起母亲。

信的最后，元稹又说：“乐天，你来写墓志铭吧。”

元稹母亲郑氏的突然去世，让白居易深感意外。白居易见过郑氏，郑氏对他也关爱有加。因此，在写信安慰元稹的同时，他答应为郑氏写墓志铭。

为去世的人写墓志铭，是件非常重要的事，为了写好郑氏的墓志铭，白居易沉浸在了对元稹的母亲的怀念中，最终他怀着悲痛，写下了《唐河南元府君夫人荥阳郑氏墓志铭》：“居易不佞，辱与夫人幼子稹为执友，故聆夫人美最熟。稹泣血号慕，哀动他人，托为撰述，书于墓石，斯古孝子显父母之志也……”

墓志铭送到元稹的手里后，元稹看完，感动不已。此后，丁忧期的元稹不断收到白居易的来信，两个人你来我往，互相勉励，并不断分享自己的情况给对方。

有一次，元稹在收到信的同时，还收到了银两，是白居易月俸的一半。

收到银两的那刻，元稹涕泪俱下。妻子韦丛见此，问他发生什么事了，元稹如实相告。韦丛问：“莫非郎君把我们生活拮据的事，也告诉白明府了？”

此时，元稹和韦丛的生活确实非常困难，本来家里就没有多少积蓄，母亲郑氏去世后，积蓄也就全部用来办丧事了，而元稹丁忧，没有俸禄，为了维持生计，韦丛不得不将自己的首饰都变卖。不仅如此，为了节省开支，韦丛还去挖野菜，捡柴火。

不过，这些事情，元稹在信中并没有说，因为他知道白居易也没多少钱，且白居易还没有娶妻。

“唉！定是乐天想到我没有俸禄，所以才……”元稹给韦丛说到这里，说不下去了。

“白明府的恩情，我们一定要记着。等我们生活好了，好好报答他！”韦丛说。

翰林

白居易的《长恨歌》及他倡导的新乐府运动让他的名声越来越响，唐宪宗顺应民意，在元和二年（公元 807 年），将他调回京城，任进士考官、集贤校理，并授翰林学士[1]。

元稹得此消息后，既羡慕又开心。给白居易回信时，故意称他为“白翰林学士”，还说等他丁忧完后，说不定就能和白居易在朝堂之上相聚了。

那时候的元稹，又带着妻子回到了洛阳。

“微之，没想到我回京城，你倒又回了洛阳了，不过我等你！等着与你在朝堂之上相聚！”白居易回信道。

白居易回到京城后，首先想的就是租房子，可一直没有找到合适的。就在此时，京城有名的弘门杨氏杨虞卿、杨汝士兄弟请他住到杨家去。

1 | 官职名，学士始设于南北朝，唐初常以名儒学士起草诏令而无名号。唐玄宗时，翰林学士成为皇帝心腹，常常能升为宰相。

弘门杨氏是名门望族，而杨虞卿和杨汝士又是族兄弟，他们之所以邀请白居易住在他们杨家的私宅，除了看中白居易的才华，觉得他前途无量外，还因为他们二人都只考上了明经科，正准备考进士，而白居易又恰好是进士考官。

白居易稍作犹豫后答应了，能与弘门杨氏结交，有利于他在京城站住脚。且元稹任左拾遗仅半年就被贬出京城的经历，让他心有余悸。

弘门杨氏的住宅位于靖恭坊，宅子很大，仆人很多，白居易住进杨家后，杨家兄弟还专门派了个两个仆人照顾他的生活。

在杨家，白居易的日子过得很安逸，时常与杨家兄弟饮酒作诗，听歌观舞。

然而，杨家兄弟不是元稹，和他们在一起，更多的只是吃喝玩乐。虽然热闹，但热闹过后却是更深的孤独，每到此时，白居易就会陷入对元稹的思念中，想元稹时，他就给元稹写信，细数他在杨府生活的点滴。

“微之，我和杨氏兄弟刚刚喝完酒，此刻你在干什么呢？虽然和他们喝酒时很开心，但却并不尽兴，结束后还有种说不出的凄凉感。

“微之，杨氏兄弟外出游玩了，邀我同去，我实在提不起兴趣。

“微之，夜深了，你一定睡了吧！我此刻毫无睡意。今晚的月亮又圆又大，让我想起了我们在华阳观时，一起赏月的情景……”

……

元稹理解白居易的这种孤独和寂寞，只要接到白居易的信，他就会马上回信过来。

“乐天，你的心情我理解，在家虽有娘子相伴，却也时常感到孤独和寂寞。

“乐天，今天我出去挖野菜了，经过一条小溪时，我想，那小溪的尽头在哪儿呢？会不会通到京城呢……

“乐天，今晚繁星点点，难以入眠，你是否也在仰望星空，看月亮、观星星呢？”

……

用书信分享生活点滴，成了京城的白居易和在洛阳的元稹排解孤独和寂寞的主要方式。

杨氏

白居易与元稹，用书信诉说着对彼此的思念。除了思念元稹，白居易有时还会想起湘灵。

“湘灵，你到底在哪儿呢？是否还在人间？”白居易每次想到这里，都要泪洒衣襟。

此时的白居易已经三十六岁了，尚未娶妻的他，不断地被母亲以各种方式催促。

“微之，我应该怎么办才好呢？是继续坚守对湘灵的承诺，还是应该娶妻成家延续香火？”白居易写信问元稹。

“乐天，湘灵即便活着，今生你们也不可能在一起了。但白家需要你来传宗接代。”元稹回信说。

白居易知道元稹说得在理，但还是拿不定主意。

一日，白居易和杨氏兄弟又在一起喝酒，杨氏兄弟因为喝得太多，醉倒在床。白居易就独自在月下徘徊。想着自己独身一人在长安，既无住处，又无家室，禁不住潸然泪下。

正在这时，杨虞卿走了过来，问他深夜不眠，是否有什么心事。白居易正要回答，杨虞卿又问他是否愿意娶妻。

“白郎该成家了！”杨虞卿说完又说，“为兄介绍一门亲事给你可好？”

“不知杨郎所说的是哪家？”白居易问。

“京城杨家！”杨虞卿指指地面说，“鄙人的堂妹你是见过的，正待字闺中！”

杨虞卿的堂妹，也是杨汝士的亲妹妹，白居易刚刚住进杨家时见过，不仅温婉淑静，而且知书达理。

“令妹娴静貌美，白某只怕……只怕高攀不起啊。”白居易忙说。

白居易的这句话并不是客气，也不是拒绝。他此时的情况，如果能与杨家结亲，确实是高攀了。

白居易如果要娶妻，杨家是最好的选择。可若娶了杨氏，自己与湘灵的约定怎么办？能够辜负她吗？辜负了她，自己会心安吗？

不知道！

一想到湘灵含泪的双眼，白居易就心乱如麻。

“你不必现在就回复我，也与令堂好好商量商量。”杨虞卿说，“如果同意这门亲事，找个媒人，上杨家来提亲便是。”

杨虞卿能这么说，是因为这是他和杨汝士的共同的决定。杨虞卿和杨汝士能够邀请白居易住到杨家，也有这方面的考虑。

“承蒙杨郎看得起我白二十二，”白居易对杨虞卿施拱手礼说，“待我告知母亲，毕竟婚姻大事，父母之命，媒妁之言。”

“好！杨家等白家上门提亲！”杨虞卿说，他心里非常清楚，与弘门杨氏结亲，没有多少人能拒绝得了。

元和三年（公元 808 年），白居易调任左拾遗。

白居易在短短的一年时间，就从翰林学士升到左拾遗，这让他很高兴，马上写信把这个好消息与元稹分享。

实际上，翰林学士和左拾遗都属于皇上近臣，都有参与朝政的权力，不过翰林学士负责起草诏书，而左拾遗负责给皇上提意见。

对白居易来说，他更想做左拾遗，毕竟他的理想就是要扭转朝廷的黑暗和腐败，改变宦官专权现象。因此，他在给元稹的信中说：“微之，若你还在京城，也还任左拾遗该多好啊！我相信，我都能从盩厔调回京城，你也可以的。”

元稹接到白居易的这封信后，既为他高兴，也有些失落。他想，白居易能被如此重用，是他写了影响力很大的《长恨歌》，而自己还在丁忧，既不能在朝政上有所作为，也难以写出像《长恨歌》那样的诗作。即便丁忧结束，又如何在朝廷复职呢？

虽然这么想，但他还是立刻给白居易回了信，信中先是祝贺白居易，然后说希望白居易能够实现，他任左拾遗时未能实现的。

未能一起任左拾遗，是白居易和元稹共同的遗憾。

未上任时信心满满，正式上任后白居易才知道，这个言官并不好当，如果把握不好分寸，自己在左拾遗任上的遭遇很可能会和元稹一样。

怎么办呢？像元稹一样仗义执言，还是随波逐流？白居易为此纠结了很长一段时间，但最终，他骨子里和元稹一样的“孤直”，让他决定不辜负唐宪宗的信任，做一个称职的言官，以报答他的提拔之恩。同时，他还要实现他和元稹的政治理想。

做出这个决定后，白居易不仅频频上疏谏言，还写了不少反映社会现实的诗，无不是在针对奸臣权贵。

白居易想要通过劝谏和作诗补察时政。

对于白居易的才华，唐宪宗非常欣赏，就像当初对待元稹一样，他经常召他进觐，这也让白居易产生了一种错觉，觉得皇上还是知人善任，善于纳谏的。

这种错觉的产生，让他少了很多顾虑。显然，他比元稹幸运，虽然他像元稹当初一样敢说，但因为没有得罪具体某一位权臣，在左拾遗位置上也就一直做了下来。

白居易在仕途上的顺利让他的母亲陈氏觉得，他必须尽快娶妻生子，传宗接代。为此，她多次以自己身体越来越差，希望能在有生之年看到他娶妻生子为由来逼迫他。

弘门杨家愿意将杨氏嫁给白居易的事，白居易还没有告诉母亲陈氏。他想等自己完全想清楚再说。母亲陈氏的不断催促也不能坚定他娶亲的决心，于是他再次写信给元稹，说了杨虞卿和杨汝士俩兄弟想把妹妹许配给他的事，并征询他的意见。

白居易告诉元稹，他的心里很矛盾，娶杨氏，他就违背了他曾与湘灵许下的诺言，辜负了她的深情；不娶杨氏，他又对不起母亲，是为不孝。

元稹给他回信说，白居易如今所面临的问题，他之前也曾遇到过，所以他能理解白居易的心情，信的最后又说，既然你知道你不可能和湘灵有结果，那就是说，你早已辜负了她，你已经辜负了一个湘灵，如若还不娶妻的话，岂不是又辜负了令慈？

“辜负一个，总是好过辜负两个。”

看了元稹的信，白居易有了决定，他写信告诉母亲与弘门杨家结亲的事。陈氏非常高兴，马上让他的弟弟白行简来京城，当面给他带话，说白居易如今所在的位置，需要一个靠山，而弘门杨氏家族在京城是新门阀氏族，结亲后，必定会对他的仕途有好处。

在让白行简带话的同时，陈氏又变卖了她的首饰，带着彩礼来到京城，找媒人上杨家提亲。

白家正式与杨家订了亲之后，白居易搬出杨家，在靖恭坊附近的新昌坊租赁了一处居所。

一切准备妥当后，三十七岁的白居易迎娶了杨氏，并将住在下邽的母亲陈氏也接来和他们同住。不过，虽然娶了杨氏，白居易还是会时不时想起湘灵。

“微之，我如今更能理解你为何娶了贤惠的韦氏，还会在心里给崔氏留个位置了。”白居易写信给元稹说，“有些感情，不管过去多少年，都不可能忘却。”

第八章 相聚在朝堂

直谏

白居易成家后，将全部心思都用在了如何“供奉讽谏”上，为此，他吃不香，睡不着，只为能对得起言官这个职位。

白居易自小的经历，让他对底层百姓的生活很了解，在和元稹备考制举时，他们已经找到了政治的弊端，甚至可以说，在他还没有出任左拾遗时，心里已经装了无数的谏言，只为等待时机劝谏。在放下被贬的顾虑后，他内心的斗志被激活，比元稹刚上任左拾遗时干劲还足，他接连上疏，慷慨激昂，直陈弊政。

他先是在江淮遭遇天灾时，奏请免江淮赋税，救百姓于水深火热中；接着又奏请唐宪宗，将多余的宫人遣散，让她们出去嫁人，称这样既能减少宫中开支，还能减轻宫人孤居的苦痛；同时还请罢用兵河北，以免百姓遭受战争之苦；之后，他又反对尚书左仆射王锷为了得到宰相一职，搜刮百姓钱财作为贿赂；最后，他更是反对宦官吐突承璀充“诸军诏讨使[1]”和成德节度使王承宗作战……

白居易一个接着一个地诤谏，没有一丝停顿。朋友劝他，说他这样连续劝谏不好，即便没有惹怒皇上，也会让皇上厌烦。

白居易不为所动。他不是没有想过这个问题，而是觉得，趁着还在左拾遗这个位置上，能多劝谏就多劝谏吧！

白居易这么想，是他意识到他内心一直有个担心，担心自己会像元稹一样，要么得罪了朝中的权臣，要么惹怒了皇上。如果被贬，他就没有机会诤谏了。

白居易谏诤的这些事，朝臣中很多人也都看在眼里，但却没人敢说。白居易心里也很清楚，在元稹任左拾遗时，他都意识到了，但他无法控制住自己不说。

如果看到问题就假装看不到，或者根本不让皇上知道，这算不算欺君？这样的人，又有什么资格坐在左拾遗的位置上？

于是，白居易在诤谏时，言辞越发激烈，唐宪宗看得

1 | 官职名，置于唐贞元年间。后遇战时临时设置，常以大臣、将帅或节度使等地方军政长官兼任，掌镇压人民起义及招降讨叛。

多了，难免会不舒服。但唐宪宗不是昏君，他能从白居易的谏诤中知道他的用心，所以大多数时候都会采纳。然而，当白居易提出罢宦官吐突承璀的"诏讨使"一事时，他不同意了。

吐突承璀是唐宪宗的亲信。

白居易知道唐宪宗对吐突承璀的信任，也知道自己向吐突承璀开刀，是在触皇上的逆鳞，不仅会遭到皇上反对，还会因为得罪了吐突承璀，给自己的仕途造成麻烦，可他还是毅然决然地这么做了，他觉得这是改变宦官专权现状的第一步。

这一步必须踏出去，就算没有效果，至少也要有人去触碰。

白居易见自己上疏吐突承璀的事没了后续，决定当着皇上和重臣们的面直接说。白居易希望通过这种方式，逼迫唐宪宗接受建议。

于是，白居易当着宰相李绛等人的面，对唐宪宗陈述阉党之罪，提醒唐宪宗不要耽误了祖宗的江山。

唐宪宗何曾被朝臣这么批评过，且还是当着重臣的面，马上没有了好脸色。他没有说话，只是冷着脸，挥挥手让白居易出去。

白居易和元稹都是不畏权势的人。不过，元稹劝谏，针对的是朝臣，白居易却连皇上都不放过。

白居易当着重臣面“批评”皇上犯错，很大程度是在冲动之下的脱口而出。因而当他走出宫，冷静下来后，知道事情大了。

怎么就不知道迂回一下呢？或者只有自己和皇帝在的时候才说也行啊！白居易有些后悔，不过，后悔也晚了。

白居易忐忑不安，晚上，他给元稹写信说：“微之，我很可能也会像你一样，要被贬到很远的地方去了。”

唐宪宗确实想要贬白居易出京，甚至还想治他的罪。

“白居易这个小子，太无礼了，是朕提拔了他，他竟然这样和朕说话。”

白居易是幸运的，因为李绛是个贤臣，且还是一直以匡救劝谏为己任的贤臣，再加上他欣赏白居易的才华，因而在听了唐宪宗的话后，相劝道：“陛下，这白拾遗的性格就是如此，虽然他说话直，但也能看出他对陛下是一片忠心。陛下既欲广开言路，就一定要用白拾遗这样的言官，何况他所提出的‘诏讨使’罢兵，并非只有他一个人这么想……”

唐宪宗听李绛这么一说，觉得有道理，气也就消了一半。贬白居易出京的想法也就被搁置了起来。不过，他仍然没有接纳白居易罢免吐突承璀“诏讨使”的建议。

不久，吐突承璀任“诏讨使”的使命结束，战争以溃败告终，朝臣纷纷上疏，要唐宪宗治吐突承璀的罪，唐宪宗不得已，将他召回京城，并在众怒之下，免了他神策军[1]中尉一职。

白居易刚开始还是很高兴的，觉得皇上能免吐突承璀的神策军中尉一职，是和自己之前的劝谏有关。他没有想到，吐突承璀的溃败，在唐宪宗看来，恰好证明白居易是对的，他是错的，因而对白居易也就厌烦起来，不再像以前那样经常召见他。

---

1 | 神策军，是唐朝中后期中央北衙禁军的主力。原为西北的戍边军队，后进入京师成为唐王朝的最重要禁军，负责保卫京师和戍卫宫廷以及行征伐事，为唐廷直接控制的主要武装力量，是唐朝维持统治的最重要的军事支柱。

唐宪宗对白居易态度的变化，白居易感觉到了，他忧心忡忡，给元稹写信说了此事，并在信中说：“微之，谏诤这件事太难了！我现在有种无力的感觉！”

元稹收到白居易的信后，很为他担心。他了解白居易的性格，写信安慰他说：“乐天，你为人刚正不阿，忠心志坚，肯定会遭遇这些。本来我一直想提醒你，提醒你遇事要多变通，或者在诤谏时圆滑一些。可转念又一想，如果你真成了那样的人，就不是我认识的那个乐天了。因此，我没有劝你，我只想说，你我二人若要走仕途这条路，就注定要经历这些，这条路很难走，不过不管怎样，我都会支持你！”

看了元稹的信，白居易既感动又感慨。这些话，在元稹做左拾遗时，自己也曾想要对他说的。

“幸而你懂我，理解我，让我在诤谏这条路上，不再觉得孤立无援。”白居易想。

回归

元和四年（公元 809 年），元稹丁忧结束，任监察御史[1]。

得到这个消息时，元稹和妻子韦丛正在洛阳的家里。丁忧前，元稹还只是河南府的县尉，丁忧后，他竟被调回了京城，且任正八品上的监察御史。

元稹能被调回京且被提拔，是因为裴垍。

裴垍是裴度的儿子，元稹和白居易在贞元十九年，考“书判拔萃科”时，裴垍就是主持考试的考功员外郎，裴垍非常欣赏元稹，还曾亲自指点过他。

元稹和白居易准备考制举时，裴垍又是翰林院学士，同样对他们予以了帮助，元稹在岳丈韦夏卿去世后，一直和裴垍保持着联系，希望裴垍能够成为他在朝廷里的一个靠山。

---

1 丨官职名，掌管监察百官、巡视郡县、纠正刑狱、肃整朝仪等事务。

元稹任左拾遗时，能够旗帜鲜明的支持裴垍的父亲裴度，也有裴垍的原因。

元和三年，朝廷诏举贤良，裴垍因为治国有策，且为人正直，被唐宪宗拜为中书侍郎、同中书门下平章事，主持朝政。

丁忧的元稹得知此事，急忙写信给裴垍。裴垍念元稹当初从左拾遗被贬到河南府，是因为支持自己的父亲裴度，且他一直以来都很欣赏元稹，于是在元稹丁忧期满后，让他出任监察御史。

监察御史归御史台管理，主要负责对地方的监督和一些重大上诉案件的复审。可以说，此职位虽然品级不高，但权力不小。

当时，绝大多数五品以下的官员是没有参加朝会资格的，但监察御史只要在京城，就能参加日常朝会。且监察御史对品级高的官员不必施下级之礼，就是见了宰相，也可以施平级礼，甚至可以与太子并肩而行。

更重要的是，监察御史有面见皇上的机会，因而也被称为天子耳目。

这样一个职位，对元稹来说可谓天赐良机，他兴奋异常。

“乐天，我终于能回京城了。此后，你任左拾遗，在皇上面前谏诤，我任监察御史，有权力弹劾那些违法乱纪的官员。咱们二人齐心协力，整顿朝纲。”

元稹在收到任职诏令后的第一时间，写信给白居易，和他分享自己的喜悦。

“朝中有了裴侍郎，那奸佞之人就不敢对我们太明目张胆了。”元稹在给白居易送出第一封信后，又马上追加了一封。

白居易在接到元稹的信后也很激动，虽然元稹回京城在即，但他还是给元稹回了信，期待他们能够穿着朝服见面。

黑夜之后就是黎明！此时，他们都有种黑云散去，天清气朗的感觉。

元稹归心似箭，快马加鞭地赶回京城。到了京城后，元稹只在靖安坊的家里修整了一天，便去了新昌坊白居易的家里。

这是元稹第一次去白居易婚后的新家。自上次长安东门一别，一晃三年过去了，这是他们第一次见面。

美梦

白居易和元稹在一起时，多是元稹说，白居易听。

元稹把他被贬河南、母亲去世的事，又说了一遍。这些事，白居易虽然从往来信件中早就知道了，但他还是听得很认真，像第一次听说一样。

元稹实在太激动了，而之所以会如此激动，是他觉得，他回家丁忧也就意味着为官生涯的结束，即便再入职，也很难回京城。

元稹是个遇到打击就容易垂头丧气，遇到转机又会志得意满的人。此次任监察御史，让他觉得自己的机会又来了，因而踌躇满志。

元稹任监察御史，白居易虽然为他高兴，却也觉得，这个职位和左拾遗一样，很容易得罪人。白居易提醒元稹，以免重蹈覆辙。

元稹知道白居易的意思，但却说："此次不同往日，我们有裴侍郎。”

元稹一说起裴垍，就开心起来。

这天晚上,元稹住在了白居易家里,好不容易见面的二人,醉饮畅聊三日。之后，他们又骑马游曲江池、杏园和慈恩塔。

再之后，便开始期待几天后的朝会。

“到时，我们就能穿着官服，在朝堂之上见面了。”白居易说。

“这一天，原本不该等这么久的。”元稹说。

几天后，朝堂之上的白居易和元稹，看着身穿官服的对方，既感到熟悉，又感到陌生。

“乐天，我看众官里，还是你最好看！”元稹走近小声对他说。

白居易不好意思地笑笑，轻声对元稹说：“还是你最好看，你身躯凛凛，相貌堂堂，我看啊，众官里，没有人能比得上你！”

“那岂不是说，众官里，你和我是最好看的？”元稹小声说。

白居易发自内心地笑了。

第九章 千里神文

骆谷道

白居易和元稹在朝堂上还没见几次，元稹就要离开京城，去梓州（今四川绵阳）查办泸州监官任敬仲的贪污案了。

这也是三十一岁的元稹上任监察御史后，奉命办理的第一个案子。为了查办这个案子，元稹又多了一个身份：剑南东川（今四川、陕西南部一带）详覆使。所谓的详覆使，就是详议审察的使者。

元稹离开京城去梓州前，白居易为他送行。

一路上，白居易都皱着眉，一言不发。告别时，他对元稹说："微之，此程路途遥远，路况险峻，你千万要小心！"

元稹知道白居易的担忧。监察御史这个职业，虽然有弹劾百官的权力，但在弹纠不法的过程中，很容易与被调查人结仇。

这个职位很特别，担任此职的人通常是年轻人，选择年轻人，是他们在官场的根基不深，有初生牛犊不怕虎的劲头。

元稹能被授予监察御史，就是因为他不畏强权的品质。然而，他在朝中根基不深，又很容易在办案过程中因为得罪重臣而被贬。何况，离京城越远的地方，关系网就越复杂，监察御史权力再大，去的毕竟是别人的地盘，强龙难压地头蛇。

“乐天，我会加倍小心的！这次是个机会，我一定要把握住。”元稹在重重地拍了一下白居易的肩后又说，“再说了，任敬仲是个小吏，翻不起什么浪，不用担心。”

监察御史这个职位，风险与机会同在。通常，在这个职位上顺利升迁，就有机会直接进入尚书省，任各司的郎中或员外郎，一旦进入到了这个核心圈层，拜相的可能性也就增大了。

元稹要的是机会，他看中的是宰相位。

元稹的心思，白居易何尝不知道，因而只能祝他好运。

“一切顺利，尽快回京城复命！”

元稹点点头，朝白居易一拱手，潇洒地离开了。

“但愿你能一切顺利！”白居易喃喃道。

看着元稹远去的背影，白居易轻轻叹了口气。

去梓州需要穿越秦岭。

元稹与白居易告别后，选择了一条虽然快捷却很凶险的路——骆谷道。骆谷道又名傥骆道，是穿越秦岭的古道之一。

“元御史，这条道太危险了，咱们还是换条道走吧！”元稹的属下劝说道。

“是路便可行走！本官都不怕，你怕什么？”

元稹不是不知道，在所有通向梓州的道路中，这条路最为凶险，但为了能尽快到达目的地查案，尽快立功，他将路途的危险抛在了脑后。

当然，虽然嘴上说不怕，元稹的心里还是很害怕的，因而一路上都提心吊胆，生怕遇到狂风暴雨，导致泥石流、滑坡等灾害。

元稹一行人，小心翼翼地赶路，直到看到前面的驿站，悬着的心才放下。

这个驿站叫骆口驿，又累又饿的他们进去吃了饭，准备回客房休息时，元稹被墙上几行模糊的文字吸引了，他站在那里仔细辨认。

“这不是乐天的诗吗？”元稹抑制住兴奋，对身边的随从说。

元稹没有想到，在如此偏僻的驿站还能看到白居易题的诗。

墙上的诗因为时间长了，字迹模糊不清，墙皮也因风吹日晒，有些脱落，导致无法完整地阅读，但从字体以及残缺的落款上，元稹还是一眼就辨认出是白居易的手笔。

“我如今站着的地方，竟然是乐天曾经来过的。”元稹盯着墙壁说。

“想不到白拾遗也会走这条道！”随从说，“这条道可是很少有人敢走的！”

元稹看着诗，沉吟片刻，对随从说：“去！把笔墨给我拿来！”

随从把笔墨拿来后，元稹在白居易那首诗的旁边题了一首诗。

邮亭壁上数行字，崔李题名王白诗。

尽日无人共言语，不离墙下至行时。

二星徼外通蛮服，五夜灯前草御文。

我到东川恰相半，向南看月北看云。[1]

晚上，元稹给白居易写了封信，附上了这首诗。

之后，每到一个驿站，元稹就会在墙上寻找白居易的墨迹。找到了就欣喜若狂，没有找到就倍感失落。

有一天，元稹一行又来到一个驿站，驿站的驿使给他一封信，元稹一看，是白居易的。

白居易在信中，先是责怪他不该走骆谷道，又提醒他一定要注意安全，最后附了一首诗：

拙诗在壁无人爱，鸟污苔侵文字残。

唯有多情元待御，绣衣不惜拂尘看。[2]

---

1 丨唐·元稹《骆口驿·邮亭壁上数行字》。

2 丨唐·白居易《酬和元九东川路诗十二首·骆口驿旧题诗》。

花酿

元稹一刻不停地跋涉在去往梓州的狭路上。

一天，京城的白居易和弟弟白行简、朋友李建去曲江池和慈恩院游玩。游曲江池时，玩着玩着，说不出为什么，白居易觉得空落落的。

“白二十二，怎么心事重重的？”李建问他。

白居易答非所问道：“这时候，微之已经到梁州（今陕西汉中）了吧！”

李建和白行简互看一眼，李建说：“你怎么突然说起元九来了？”

白居易这才意识到，面对曲江池的美景，自己为何会心神不宁，原来是在牵挂元稹啊！

“元御史去梁州了？”李建问。

“去梓州，查一个案子。”白居易说。

“既然是去梓州？你又为何说他到梁州了？”李建很

是诧异。

白居易没有回答，白行简替哥哥说：“肯定是阿兄猜的，元御史去梓州时，阿兄去送行了。”

白行简刚说完，白居易又指着周围说：“我和微之，曾多次来这里游玩。”

白居易说完，眼前浮现出了他和元稹来这里游玩时的场景。

“元九如今的职位，在京城的时间可不多。”李建说。

“如今他权力不小，得罪人也不会少。”一说起元稹，白居易的话就多了起来。

三个人感慨一番如今的官场后，每到一个地方，白居易都会告诉他们，他和元稹来这里时曾看到了什么。

游完曲江池后，又去慈恩院游玩时，白居易还是时不时地提起元稹。

“今天虽然是三个人游玩，实则是四个人啊！”李建调侃道。

白行简也笑了：“阿兄这一路上，全都在说元御史！元御史虽然没有和我们一起来，却已经来了。”

从慈恩院回来，李建邀请白居易和白行简去他家喝他妻子酿的桂花酒。

白居易喜欢酒，尤其喜欢自酿酒，也就和弟弟去了。当李建将妻子酿好的桂花酒端上桌时，白居易赞道："酒体清澈，色泽通透，好酒！"

再喝一口，香醇浓郁。

"可否让你娘子说说她酿此酒的过程？我要记下来。"白居易说。

记下酿酒过程后，三个人一边喝桂花酒，一边吃腌鱼干。微醺时，白居易又想起了他和元稹制考通过后，在尚书楼喝酒的事。

"微之要是在，一定会吃得不亦乐乎。"白居易夹起一条腌鱼干说，"他最喜欢吃的就是腌鱼干。"

"等元九回来，来我家，喝我娘子酿的桂花酒，吃她做的腌鱼干。"李建说。

"那我就替微之谢谢你和你娘子了。"白居易说完，让李建拿来笔、墨、纸，写了一首诗：

花时同醉破春愁，醉折花枝作酒筹。

忽忆故人天际去，计程今日到梁州。[1]

第二日，白居易令驿使给路途中的元稹送去。

1 | 唐 · 白居易《同李十一醉忆元九》。

巧合

疲累不堪的元稹，一到梁州便去了汉川驿馆。他太累了，简单地吃了点东西后就早早睡下了。

睡梦中，元稹在长安与白居易和李建先游曲江池，又游慈恩院。就在他们玩兴正浓时，他被一声声“元御史”叫醒。

“原来是场梦啊。”睡来后的元稹，失落不已。

起床后，他写了一首诗：

梦君同绕曲江头，也向慈恩院院游。
亭吏呼人排去马，所惊身在古梁州。[1]

元稹将诗交给驿使，让他送给京城的白居易。

---

1 | 唐·元稹《使东川·梁州梦》。

白居易接到元稹的信后，惊得差点将信扔在地上。白行简问他什么事，白居易据实相告。白行简不相信，白居易就把元稹的信给他，白行简阅毕直呼神奇。

之后，白行简又将此事告诉了李建，李建最初不相信，但在看了元稹的信后也震惊不已。

“这元九怎么知道那天我们在游曲江池、慈恩院？”

“还有更神奇的！”白行简说，“阿兄又是如何知道元御史在梁州的？”

李建和白行简都觉得不可思议，但白居易虽然刚看到元稹的信时，有些震惊，慢慢也就觉得正常了。因而当李建问他和元稹，为何远隔千里，知道对方做什么时，白居易只笑笑说：“或许是巧合吧！”

元稹在收到白居易的信后，对于这种巧合，虽觉得稀奇，但更为白居易时时牵挂他而感动。

白居易和元稹间发生的奇事被李建和白行简等人传了出去，有人赞叹，这是千里神交。

“的确，我和元稹是千里神交。”白居易听说后，心里默认。

元稹一路跋涉，到了嘉陵江。在嘉陵驿馆，他接到了白居易写给他的信。信里，白居易告诉他，很多人说他们是千里神交。

元稹给白居易回信说："他们只知此次始末，岂知我们一直都是如此，距离怎么可能是我们之间的阻隔呢？"

元稹住进嘉陵驿馆的当晚，明月高悬，月亮照在嘉陵江面，波光粼粼。

嘉陵江的月色，让他生起了思乡之情，想起了在长安和洛阳的种种，想起了妻子韦丛，也想起了和白居易同去曲江池游玩。

于是，元稹提笔写了首诗《江楼月》：

嘉陵江岸驿楼中，江在楼前月在空。

月色满床兼满地，江声如鼓复如风。

诚知远近皆三五，但恐阴晴有异同。

万一帝乡还洁白，几人潜傍杏园东。[1]

---

1 | 唐·元稹《使东川·江楼月》。

写好后，元稹第二日就誊好让驿使送去京城，给白居易。

白居易看到诗后既感动，又愧疚。他想，元稹在疲累的长途跋涉中，却依然不忘表达对自己的思念，自己虽然无时无刻不在想着元稹，却没有把这种思念写成诗，实在不应该。

愧疚之余，白居易和了一首诗，让驿使送到了行进在川东的元稹手里。

嘉陵江曲曲江池，明月虽同人别离。
一宵光景潜相忆，两地阴晴远不知。
谁料江边怀我夜，正当池畔望君时。
今朝共语方同悔，不解多情先寄诗。[1]

1 | 唐·白居易《江楼月》。

勇气

元稹到了梓州后，很快就展开了对任敬仲的调查。

元稹本以为这是一个小案子，毕竟任敬仲只是一个小吏，即便贪污，又能贪多少呢？谁料调查过程中，牵扯到了泸州刺史刘文翼，他也曾贪污受贿。

看来此事没有那么简单。元稹很兴奋，第一次办案，就查到了泸州刺史的不法行为，真是不虚此行啊！元稹随即展开对刘文翼的调查。

让元稹万万没有想到的是，在调查刘文翼的贪污受贿案中，又扯出了不久前才去世的前剑南东川节度使严砺。

唐朝初期，为了便于管理，设立了十个节度使，分别为河西节度使、范阳节度使、陇右节度使、剑南节度使、安西节度使、朔方节度使、河东节度使、北庭节度使、平卢节度使、岭南节度使。

最初的时候，节度使仅拥有军事指挥权，可慢慢地，他们的权力越来越大，不仅拥有军事指挥权，还拥有募兵、人事任免、赋税征收等权力，随着权力的增大，逐步成了藩镇割据势力。

严砺在贞元、元和年间一直任剑南东川节度使，东川一带的政治、财政、军队、监察都归他管，是当地的土霸王。

元稹意识到了问题的严重性。虽然严砺已死，但百足之虫死而不僵。

元稹越发谨慎，开始暗中调查，越调查越害怕，严砺不仅收贿受贿，贪污数十万银钱，还诬陷百姓叛乱，擅自征收梓州、遂州税费，甚至还违背诏令，擅自没收八十八户吏民的财物和田地归为己用……

“严砺是条大鱼，这是个大案，一个天大的案子！”元稹既激动又害怕。他知道，如果继续深挖，会有越来越多的人被牵扯进来，甚至包括朝廷重臣。

此时的元稹想起了白居易送他时说的那番话。

不禁感慨：“乐天啊乐天，此行真是艰难啊！”

严砺生前位高权重，势力盘根错节，若弹劾他，自己的仕途必然受到影响。元稹被贬的阴影还在，如今好不容易调回京城任监察御史，他实在不愿意再受被贬的打击。

何况，以自己的力量，能与这么多权贵抗衡吗？

怎么办？要不要继续挖下去？元稹为此两三个晚上没有睡好觉。他想，自己本来的任务是为了调查泸州监管任敬仲，现在还挖出了泸州刺史刘文翼，已经算立了功，即便不再接着挖下去，也够交差的。

然而，就在他决定拿任敬仲和刘文翼的贪污交差时，当天晚上，他做了个梦，梦到他和白居易在华阳观讨论如何整顿吏制，改变政治腐败……梦中，白居易说他嫉恶如仇，不畏强权。

醒来后的元稹，惊出一身冷汗。

“乐天，你出现在我的梦里，莫非是想告诉我，不能忘了入仕的初衷？”

元稹决定继续偷偷调查。

在私访百姓的过程中，听着百姓们的哭诉，他最终决定继续深挖下去。当然，元稹之所以敢继续调查，还因为他觉得朝廷里有裴垍这个大靠山，自己并非毫无依靠。

元稹暂时将个人前途抛在了脑后，他要让所有贪腐之人都浮出水面，并受到应有的惩罚。

很快，他挖出了遂州刺史、绵州刺史、剑州刺史、普州刺史、合州刺史、荣州刺史、渝州刺史等人贪污腐败、横征暴敛的事实，并很快就写了一篇长长的弹劾奏书上报朝廷。

这场出使梓州，元稹可谓是大获全胜，当地百姓对他也是感恩戴德。

“乐天，此次办案，一路凶险，我差点都要打退堂鼓了，但最终还是坚持了下来。我之所以能坚持下来，和你不无关系。”元稹在写完长长的弹劾奏书后，又给白居易写信说到他做梦的事。

白居易接到元稹的信后，却是喜忧参半。

虽然为元稹担心，但白居易还是写信祝贺他，写诗盛赞他敢于为民请命，“直立起身，其心如肺石，动必达穷民。”

果然如白居易所料，严砺虽然已经不在，但势力却遍布朝廷。唐宪宗知道，一旦对涉案人员严加处理，势必会牵扯更多人，处理不好不仅会动摇人心，还可能危及到政权的稳定。

最终，唐宪宗以严砺已死为由，没有对其严惩。

元稹无法接受这种草草了结的处理方式，他继续上奏，执意要处置严砺，还称严砺虽然已死，但既然犯了重罪，就应该受到严惩，只有严惩了他，才能以儆效尤。

元稹希望严惩严砺，更想借此打击严砺的党羽。

唐宪宗面对元稹的坚持不为所动，这让元稹很失望，也意识到了不妙。皇上不处置严砺党羽，意味着严砺的党羽会对他群起而攻之。果然，这些人再次找借口，称元稹依仗权势，滥行威罚。

面对这种情况，自知无力阻止的裴垍，不好再为元稹说什么，而唐宪宗虽然知道元稹是冤枉的，但在权衡利弊后，还是同意将他逐出京城，外遣到东都洛阳御史台（东都留台）。

东都洛阳和长安一样，也设御史台，不过如今已不是李治和武则天的时代，洛阳御史台也已不再重要，只置中丞、侍御史各一人，殿中侍御史二人，监察御史三人。

元稹感到了绝望。他没有想到，自己恪尽职守，立了如此大功，不仅没有得到提拔、赏赐，反而被贬。

白居易也是既气愤，又无奈。此时的他，也处在被权贵排挤之中。

祸不单行，元稹被外遣到东都洛阳后不久，他年仅二十七岁的妻子韦丛因病去世了。

韦丛去世时，元稹正在外面办案，不能赶回家的他，写下了三首悼念诗，其中有一首是：

谢公最小偏怜女，嫁与黔娄百事乖。
顾我无衣搜画箧，泥他沽酒拔金钗。
野蔬充膳甘长藿，落叶添薪仰古槐。
今日俸钱过十万，与君营奠复营斋。[1]

白居易得知后，很同情元稹，也写了首《答谢家最小偏怜女》：

嫁得梁鸿六七年，耽书爱酒日高眠。

---

1 | 唐·元稹《遣悲怀三首其一》。

雨荒春圃唯生草，雪压朝厨未有烟。

身病忧来缘女少，家贫忘却为夫贤。

谁知厚俸今无分，枉向秋风吹纸钱。

白居易和元稹的命运，再次出现波折。

第十章 驿馆争厅遭贬谪

识趣

元和五年（公元810年），白居易三年多的左拾遗任期结束。

这三年多，是白居易在讽喻诗上最辉煌的时候，他“文章合为时而著，诗歌合为事而作”的主张得到了很大的体现，在此期间所创作的诗也通过各种渠道风靡诗坛。

虽然三年多的言官生涯比不上他在诗歌方面的成就，但白居易还是希望能够继续担任谏官。但唐宪宗却说，左拾遗官职低，俸禄少，如今白居易的任期已满，给他换个职位。

传旨的人还说，皇上说了，你接下来想要任什么职位，可以自己选。

唐宪宗的这种做法，看似是在为白居易考虑，实则是对他的不满，不愿意让他再任谏官。唐宪宗不满白居易，主要是接受不了他进谏的方式。白居易直来直去的性格，以及他进谏时犀利的措辞，常常让唐宪宗下不了台。当然，还有另外一个原因：白居易处处针对他宠信的宦官吐突承璀。

白居易想要改变“宦官专权”的局面，这一点朝臣都知道。他屡次针对吐突承璀，吐突承璀也早已将他视为眼中钉。

不过，白居易的诗歌影响力实在太大，他们不敢轻举妄动，只能等待时机。

白居易左拾遗的任期满后，为了能让他远离天子，吐突承璀找来了他的心腹刘士元，一起谋划了一番。

有一天，吐突承璀和刘士元拿着白居易的诗《轻肥》给唐宪宗看，称白居易在污蔑天子。

吐突承璀说完，还让刘士元把这首诗念给了唐宪宗听。

意气骄满路，鞍马光照尘。

借问何为者，人称是内臣。

朱绂皆大夫，紫绶悉将军。

夸赴军中宴，走马去如云。

樽罍溢九酝，水陆罗八珍。

果擘洞庭橘，脍切天池鳞。

食饱心自若，酒酣气益振。

是岁江南旱，衢州人食人！

刘士元尖着嗓子念完后，和吐突承璀偷偷看唐宪宗反应，发现唐宪宗不仅脸色如常，还夸赞这首诗写的不错。

吐突承璀急了，忙说："陛下，这白拾遗的诗啊，看着没什么，实则话里有话！"

"话里有话？"唐宪宗说，"他这诗里都说了什么？"

刘士元说："陛下，白拾遗的这首诗，看似是在揭露奴才们，实则是在讥讽陛下治国无力。他明着说奴才们豪奢，实则是说陛下纵容奴才们！"

"陛下，这白拾遗骂奴才们，奴才们也就忍了，可他如此讥讽陛下，奴才们忍不了。"吐突承璀装出一副义愤填膺的样子说。

唐宪宗一听，再逐句细看，好像确实如此，也便冷笑道："这白居易仗着朕信任他，整日胡言乱语。"

吐突承璀见时机到了，继续火上浇油道：“白居易拿着朝廷的俸禄，却四处散播谣言，将太平盛世说得腐败不堪，将皇上信任的人，说得飞扬跋扈，绝对是在蛊惑人心，扰乱朝政。这样的人，罪该万死。”

唐宪宗虽然不喜欢白居易，却也没有昏庸到要处死他的地步，也就摆摆手说：“罢了，此人虽然讨厌，却也罪不至死。”

吐突承璀和刘士元互相看了一眼，刘士元说：“陛下仁慈大度，这白二十二，虽然罪不至死，也罪当罢黜。”

唐宪宗想了想，白居易确实经常危言耸听，但如果罢黜他，势必引起朝臣、百姓的不满，于是决定不再让他出任左拾遗。

白居易敏锐地从唐宪宗的旨意中知道，自己已经不再被皇上信任。

“既然不受待见，那就识趣点。”白居易心里一阵悲哀，随即写了《陈情状》递了上去。在《陈情状》里，他以母亲多病、家贫为由，请求改授俸禄高点的职位。

无畏

这篇《陈情状》让唐宪宗很满意，于是授白居易为京兆府户曹参军。

京兆就是京城长安，长安原隶属于雍州，唐玄宗时期，李隆基将雍州改为了京兆府。虽然还在京城任职，且京兆府户曹参军品级也比左拾遗高，但白居易已经远离了政治中心，不再有直接参与朝政的权力。

白居易入仕为官，是想有所作为的，仅仅只做了三年左拾遗，便又要去担任闲职，这让他既无奈又失望。

在白居易调离左拾遗后，外遣到河南的元稹因为得罪了河南尹房式，被唐宪宗降旨罚薪。

房式是宰相房琯的侄子，也是房玄龄的族人。房式任职河南尹期间嚣张跋扈，为所欲为。元稹到东都洛阳上任后，虽然对自己被外遣不服，但也很快调整好心情，决定通过自己勤勉的工作再度回京。于是，他工作上兢兢业业，任劳任怨。

元稹曾一度提醒自己，宝剑磨砺，暂藏于鞘，对于那些啃不动的硬骨头，且先记下。可房式太过分了，他实在看不过去，于是下令让人将房式关了起来，还停止了房式的职务。

元稹虽然在东都洛阳任职，但他依然是监察御史，依然有权力处置比他职位高的违法官员，所以并没有违背制度。不过，河南尹是河南府的实际长官，从三品。一个三品大员，被一个东都的监察御史关了起来，消息传到京城后，还是让权臣们大吃一惊。对他们来说，房式所犯的事根本不值一提。

“这个元稹，太自以为是了！”工部尚书柳晟说。

柳晟和元稹有过节。元稹还在京城的时候，刚出任监察御史，便拿柳晟祭旗，称他违反朝廷规定，向皇上朝奉超规格的贡品。当时，元稹的检举让柳晟和唐宪宗都很尴尬。最终，还是唐宪宗出面为柳晟解了围。

柳晟当时非常生气，曾向唐宪宗告状，说元稹夜郎自大，不可一世，不适合监察御史这个职位，但唐宪宗知道元稹没错，于是以“大行不拘小节”为由帮元稹开脱，才让元稹没有刚一出任就被贬。

不过，柳晟就此和元稹结了仇，一直想找机会教训他。元稹关押三品大员河南尹房式的举动，令朝廷一些重臣觉得不能再任由元稹“忘乎所以”了，柳晟也借此机会，联合几名大臣上奏弹劾。

唐宪宗也觉得元稹做事太冲动，不给人留颜面。于是下诏罚元稹一季的俸禄，并召他回京。

对于这个结局元稹并不意外，在他准备关押房式时，就已经预想到这个结果了。

回京路上，元稹心情还不错，借此机会还能与京城的朋友见面饮酒。

从洛阳出发去京城前，元稹就给白居易写了封信，称他回去后一定要喝白居易自酿的酒。

“回京城后，我一定要和乐天好好饮上几杯。”元稹在路上想。

那时候的元稹已不管此次回京是福是祸，天大的祸他也不想劳神去想了。

元稹没有想到，接下来发生的事，会改变他的一生。

流血

唐朝初期，劝谏和纳谏备受重视。可安史之乱后，政治环境的变化使宦官当道，特别是唐肃宗和唐宪宗时代，宦官不仅大规模参与朝政，且大权在握，让谏官和监察御史在朝中的生存越来越难。

元稹被外遣到洛阳后，虽然觉得朝廷对他不公，却依然“整肃纲纪，察举百官”，恪尽职守。在此期间，他做了不少利民的好事，赢得了当地百姓的拥戴。百姓的拥戴让他越发尽职。在写奏疏的时候，也依然以改变朝廷风气为已任。

元稹并没有直接针对谁，但难免会影射到宦官集团。唐宪宗看了他的奏书后，觉得他说得有道理，时常提醒吐突承璀收敛一点。

吐突承璀和宦官集团对元稹也就更加恨之入骨了。

吐突承璀对心腹刘士元说：“这个元稹，比那白居易还可恶，整日像只苍蝇，在我们头顶嗡嗡嗡乱飞，讨厌得很，必须想办法把他弄走，弄得越远越好！”

“公公，要不要找人把这只苍蝇拍死？”刘士元做了个抹脖子的动作。

吐突承璀摆了摆手说：“这种人，还不到弄死他的地步。打一顿，弄走就行，别脏了我们的手，惹出麻烦来！”

吐突承璀不想杀人，是因为元稹和宦官集团的仇结得太深，朝臣无人不知，无人不晓，唐宪宗更清楚，一旦把元稹杀了，势必引来不必要的麻烦。

“公公，那您说咱们……”

刘士元还没有说完，吐突承璀便不耐烦地打断他：“这还用我教你吗？蠢货，找机会啊！”

元稹从洛阳出发赶往长安，在路过华阴县西的敷水驿馆时，决定休息一晚再走。

那时候的驿馆管理很严，并非人人都能住，只有那些有军务紧急报告、紧急事务的官员，以及进京赶考的学子等才有资格去驿馆住宿，且在住宿时，还需要出示驿牒。

驿长根据官员官职的大小给来客分配房间，官职大的，安排他们住豪华、宽敞的房间，也叫上厅；官职小一些的，安排住较小的房间。

元稹进入敷水驿馆时，还没有比他官职大的官员入住，所以按照他的级别，驿长就安排他进了上厅。

元稹一路劳累，很是疲惫，喝了些酒，吃了点饭后，也就早早休息了。他没有想到，黄昏时分，宦官仇士良和刘士元带着一众人来了。

仇士良和吐突承璀一样，都曾在唐宪宗还是太子时，在东宫服侍他，李纯坐上皇位后，迁仇士良升为内给事，出任藩镇监军使。可以说，仇士良是吐突承璀之外，最受唐宪宗宠信的宦官。

此次，仇士良是带着刘士元等人，外出办完事回京城，正好路过敷水驿馆。

仇士良和吐突承璀一样，平时仗着是唐宪宗的亲信，且大权在握，嚣张跋扈惯了，根本不把任何人放在眼里，所以进驿馆也不出示驿牒，径直朝上厅走去。

敷水驿馆的驿长上任没多久，并不认识仇士良，但看他们气势，知道来了个不好惹的主，点头哈腰地上前迎接。

仇士良和刘士元就像没有看到驿长似的，依然朝上厅走，驿长也就只好陪着笑，上前道："二位公公，实在对不住，上厅已经有人住了。"

"有人住了？谁啊？让他起来！"刘士元尖着嗓音，大声说，"不知道仇公公来了吗？"

一听是仇公公，驿长慌了。

"两位公公，这……这……"驿长为难了，按照规定，先住者是不用给后来者让的，且元稹品级虽然不高，但权力不小，因而马上说，"两位公公，上厅……上厅此刻住着元御史！"

"元御史？"仇士良和刘士元互看一眼，刘士元说："哪个元御史？可是那洛阳的元稹？"

"回两位公公，正是东都的元御史奉召回京城。"驿长的声音越发小，腰也弯得更低了。

仇士良冷笑一声，看了刘士元一眼，刘士元朝驿长一挥手说："滚！"

驿长巴不得听到这句话，急忙低着头，小跑着离开了。

刘士元凑近仇士良，小声道："公公，原来是这小子！"

吐突承璀曾让刘士元找机会轰走元稹这“苍蝇”，仇士良知道，他眯着眼想了会儿，冷笑两声说：“今儿还真是巧了，冤家路窄呀！”

仇士良说完，看了一眼刘士元：“这不，机会来了？”

仇士良附在刘士元的耳边说了几句，刘士元奸笑几声道：“公公好主意！妙啊！太妙了！”

“那还不快去？”仇士良扯着长音道。

刘士元朝身后一挥手，几个属下跟着他一起涌向元稹居住的上厅门口，刘士远又一挥手，一个属下抬脚就将门踹开了。

在床上睡得正香的元稹被惊醒了，一下子坐了起来，正要问是谁，刘士元说：“元御史！不认识我了？”

元稹认出了刘士元，素来对宦官不满的他，没有将刘士远看在眼里，正要嘲弄他几句，看到仇士良拨开人群，走了进来。元稹暗叫不好，但却也强装镇定道：“原来中使大人也来了啊！不知中使大人带人踢开下官的门，所为何事啊？”

“所为何事？元御史，我看你还是换个地方睡觉吧！”

仇士良说。

“中使大人，按照朝廷的规定……”

元稹的话还未说完，仇士良便打断他话说：“在这儿，只能按我的规矩……”

元稹冷笑一声：“这么说，中使大人的规矩，比陛下的……”

“你到底搬不搬？”元稹的话还未说完，又被刘士元打断了。

元稹一直压抑的怒火，再也忍不住了，他大声道：“本官按照朝廷规定，住在这里，为什么要搬？”

刘士元看一眼仇士良，夺过属下手里的鞭子，冲到元稹的床边就打。

元稹哪里想到他们会如此无法无天，本能地捂住了脸，血从他的指头缝涌了出来，瞬间，脸就被染红了。

刘士元再次挥起了鞭子，元稹溜下床，拔腿就往外面跑。刘士元等人追了上去，他们将元稹紧紧围住，对他拳打脚踢。

元稹抱着头，倒在地上，哀叫连连……

眼泪

元稹既羞又恼，他不知道那些人是什么时候住手的，也不知道是谁把他扶进房间，更不知道自己是如何回到京城的，他整个人都处在恍惚中。而更让他没有想到的是，等他回到京城，仇士良和刘士元不仅提前回来了，而且还恶人先告状，称元稹在驿馆，对他们这些内臣无礼。

自己一个人，他们一群人，自己被打得浑身是伤，竟然还说自己对他们无礼。元稹气愤不已，却一句话都说不出，他知道，没有多少人敢为他说话。

朝臣中也有同情元稹的，但为了自保，选择了沉默。而那些曾被元稹得罪过的，则趁机落井下石，睁眼说瞎话，特别是权臣杜佑，他借机诬告元稹，称他一向都目中无人，一定是先惹了仇士良等人，这才导致被打。

“堂堂一个朝廷命官，竟然因挑衅遭殴打，实在有损大臣形象。”杜佑说。

面对杜佑的颠倒黑白，白居易气愤不已，替元稹说道：“内臣带领一群人，殴打一个朝廷命官，这些人也太无法无天了！”

然而，白居易人微言轻，他的声音，很快就被淹没在了群臣对元稹的污蔑声中。

除了白居易，还有几个正义之臣替元稹说话。中承王播上奏，说御史元稹和中使仇士良争上厅事件，御史元稹并没有错，他是根据规定才没有让。然而，唐宪宗还是偏向了他的亲信宦官，最终以元稹被追着打的样子有失大臣体统为由，将他贬到江陵府（今湖北荆州），任士曹参军。

此次被贬，对元稹来说，犹如五雷轰顶。且不论士曹参军品级低，江陵府偏僻，主要是他难以接受自己明明是受害方，不仅没有得到公正对待，反而要被贬到更偏僻的地方去。

被贬的失落，身体的疼痛，以及被宦官殴打的屈辱感，让元稹受到了很大打击。

元稹感受到了强烈的屈辱感。而这也正是仇士良和刘士元想要给他的，他们这么做，就是为了羞辱元稹。

仇士良和刘士元的目的达到了，这种心灵上的打击击垮了元稹一直以来的高傲，他一蹶不振，茶饭不思，整日待在家里不见人。他的脑海里，不断浮现刘士元等人暴打他的画面。

元稹一连好几天睡不着觉，他后悔没有在刘士元拿着鞭子抽打他的时候，一头撞死……

元稹不敢出门，文官嘲笑他被宦官打丢了尊严，宦官嘲笑他被打得落荒而逃，就连那些诗人朋友们也在嘲笑他，嘲笑他光着脚被人追打有辱斯文……

“连这些阉人，都能如此欺负我，我还有何颜面活在世上？”元稹整日躲在房间，以泪洗面。

白居易来了三次，他都不见。第四次，白居易见元稹依然不见，也就隔着房门朝内喊：“微之，你连我也不想见吗？你我二人，难道还有什么不能面对的事？”

屋内的元稹，纹丝不动。

“微之，如果我遇到你这种情况，你来看我，你说我是开门还是不开门？”白居易又问。

元稹转过头，看向门的方向。是啊，他无脸见其他人，难道还怕见白居易吗？他们之前不是连内心深处，最不愿意被外人知道的隐私，也都说给对方听了吗？

元稹起身，慢慢走到门口，打开门……

门外的白居易，看着面前胡子凌乱，面色消瘦，脸上没有任何光泽的元稹，心如刀绞，眼圈慢慢红了。

这还是那个骑着高头大马，在朱雀大街上恣意昂扬的俊逸男子吗？

“微之！”白居易哽咽着，叫了一声。

元稹让出了一条道，白居易走了进去，元稹再次关上门。两个人相对而坐，默默无语，只是不停流泪。

“微之，这几天，我一直都在为你担心！”

“你说，我这样活着，有意思吗？”

“越是这样，我们就越是要活着，只有好好活着，才有机会让那些欺辱我们的人……付出代价。”

白居易在说到“代价”两个字时，咬紧了牙关，紧握的拳头也狠狠砸在了自己的腿上。

“让他们付出代价？”元稹苦笑了一下，摇了摇头说，

“乐天，咱们还有这样的机会吗？我有这样的机会吗？他们想方设法要把我赶出朝廷。我如今要去江陵，去那里混日子，他们这是在故意折磨我，消磨我的意志啊！”

元稹禁不住哭出声来。

“会有机会的。”白居易说，“如今朝廷内部党争不断，谁上，谁下，都是转瞬的事，如今小人得意，你我倒霉；等过些时日，君子上了台，我们不也就能翻身了吗？”

白居易的这句话，让呜咽不止的元稹停了下来，黯淡的眼神，有了一丝光。

“乐天！这几天我一想到当时我光着脚，只穿一件中衣，被一群阉人追着打，用皮鞭抽，用脚踩，我就觉得没有颜面再苟活世间。”

元稹说完，再次捧着脸，像个孩子般哭了起来。

“哭吧，微之，哭出来会好受一些！都怪我无能，帮不了你，也只能陪你流泪了。”白居易说。

白居易坐在旁边，陪着他流泪。元稹所受到的屈辱，他都能感受得到。

元稹慢慢停止了哭泣，他对白居易说，他对朝廷已经不抱希望了，面对小人当道和对他的加害，他已经无力反抗了。既然无力反抗，那就不反抗了，就像儿时，自己在面对父亲离世，异母兄弟妻儿的白眼后，和母亲、哥哥离家投奔舅父一样，他不走仕途之路了。

这显然是元稹说的气话，白居易知道，于是说："不走仕途之路，是要隐居山野吗？隐居山野是以后的事。现在我们还不能让那些小人得逞，他们之所以如此加害你，是因为他们害怕你，嫉妒你，嫉妒你是林中木、丛中芳！"

"林中木，丛中芳？乐天，你是在安慰我吧？"元稹说。

"不是安慰，是真的！我们不能被他们击垮，不能让他们得逞！他们羞辱你，就是想要让你一蹶不振！"白居易说。

白居易这些开导和鼓励的话，给了元稹力量。见元稹的情绪好了一些，白居易又让仆人准备了一些饭菜，陪元稹喝酒。

"乐天，你我仕途之路为何这么坎坷？"

"唉！"白居易长叹一口气。

白居易刚被明升暗降，调到京兆府任户曹参军，元稹就又被贬到了江陵府，任士曹参军去了。不过，相比元稹，白居易好很多，毕竟京兆府还在长安，可那江陵府……

一想到元稹要去的地方，白居易就为他难过。

“如今权贵，朝堂上的人，能够得罪的，已经都被我得罪光了。以后若想再回京城，看来也就更难了！”

元稹说到这里的时候，停下了筷子，他哪里还吃得下？

“不管怎样，我都会在京城等你的！”白居易说。虽然这么说，可他知道，自己是泥菩萨过河，自身难保。而元稹也知道，白居易的处境不比自己好多少。

“咱们真是同病相怜！”元稹说。

“既是同病相怜，也要同忧相救！”白居易说。

那刻的白居易和元稹，都有种悲壮的感觉。

不过，再暗的夜，都会有亮的时候，白居易和元稹期待天亮的那一天。

第十一章

同忧相救

苦熬

白居易和元稹的仕途，跌入到了谷底。

元和六年（公元 811 年），白居易的母亲陈氏去世了。

一直以来，陈氏都对儿子白居易抱有很大期待，希望他在文学上，能够成为下一个李杜；希望他在仕途上，能够坐上宰相位。因而，在白居易的诗作风靡诗坛，又被授予左拾遗后，她高兴得经常在白居易的父亲——白季庚的坟前说："白家要出宰相了！"

然而，让她没有想到的是，白居易不仅没有成为宰相，还被排挤出了皇上近臣之列，做了京兆府户曹参军。

陈氏大失所望，先将白居易叫到面前狠狠训斥了一顿，称他之所以不再被皇上信任，都是因为太过亲民，亲民难免疏君！

"至锐易折这个道理，我一个妇道人家都懂，难道你不懂吗？给你说过多少次了，你还这么倔强？"陈氏抹着眼泪说。

陈氏本来就有心疾，白居易仕途上的不顺让她整日忧心忡忡。在这种忧虑下，心疾复发，有一天竟然跳了井。

母亲跳井而亡，这让白居易既悲痛，又惭愧，就对外说，母亲为了看花，失足掉落井里。之后，他就辞去了职务，带着妻女扶棺回到了老家下邽丁忧。

陈氏刚一去世，白居易就写信告诉了江陵的元稹。

元稹在他的母亲郑氏去世后，曾受到白居易母亲陈氏的关怀，为此他还拜了陈氏为义母。义母陈氏去世，元稹既惊讶又难过，马上给白居易回信，说得知此事后，他寝食难安。信的最后，元稹让白居易不要太过伤心，说他愿意为义母写墓志铭。

信送出去后，元稹马上为陈氏写了祭文："太夫人推济壑之念，悯绝浆之迟，问讯残疾，告谕礼仪，减旨甘之直，续盐酪之资，寒温必服，药饵必时，虽白日屡化，而深仁不衰。"

由于在江陵，无法亲自去吊唁，元稹又派弟弟去下邽祭拜，同时还让弟弟给白居易拿了赙仪（丧事礼金）

二十万。

二十万在当时可不是个小数目，白居易感动不已。因为元稹被贬去金陵后，俸禄也不多，能拿出二十万，可以说，他是把这场丧事当成了自家事来对待。

元稹拿二十万给白居易，是因为他知道，白居易回家丁忧，没有俸禄，且办丧事的花销也不少。但让元稹和白居易都没有想到的是，更大的悲痛在等着白居易。

回下邽丁忧不久，白居易不到三岁的女儿金銮子因为生病，不治身亡了。金銮子是白居易和妻子杨氏生的第一个女儿，聪明伶俐，白居易对她很是疼爱。

母亲去世的悲痛还未散去，又痛失爱女，白居易悲痛欲绝，抱着女儿的尸体号啕大哭：

岂料吾方病，翻悲汝不全。
卧惊从枕上，扶哭就灯前。
有女诚为累，无儿岂免怜。
病来才十日，养得已三年。
慈泪随声迸，悲肠遇物牵。

故衣犹架上，残药尚头边。

送出深村巷，看封小墓田。

莫言三里地，此别是终天。[1]

接连的打击让白居易一病不起，四十岁的他，看起来像是七十多岁。

白居易为官以来，一直都很清廉，也没有多少积蓄。安葬完母亲后，他那仅有的积蓄也就花完了，幸好有元稹送来的二十万，才勉强能够应付生活。但即便这样，为了安葬爱女，杨氏还是不得不将自己的手镯当了。

元稹得知白居易又失去女儿后，他一边为白居易伤心落泪，一边不断写信安慰白居易，同时还多次让人带着衣物和财物去给白居易。

然而——

元和八年（公元 813 年），江陵的元稹，失去了他的第二任妻子安仙嫔。

---

1 | 唐·白居易《病中哭金銮子》。

安仙嫔是元稹被贬江陵后所娶。

元稹的第一任妻子韦丛死后的第二年，元稹被贬到了江陵，那时候，他和韦丛所生的女儿保子年龄尚幼，刚会走路，也就跟着去了江陵。

在江陵，元稹有次生病，朋友李景俭见他和幼女都无人照顾，很是同情，便将他的表妹，同是诗人的安仙嫔介绍给了他。

安仙嫔很贤惠，和元稹的感情也很好，可两个人在一起刚三年，安仙嫔就因病去世了，留下了一个儿子元荆。

安仙嫔的去世，对元稹又是一个打击。他号啕大哭，称没想到自己的命这么苦，仕途不顺也就罢了，两任贤妻还都先后离他而去。

元稹写信将安仙嫔去世的消息告诉了白居易，白居易也忍不住悲伤。

“微之，你我二人，为何命都如此苦呢？”

这段时间，对元稹和白居易来说，可谓是最艰难、最难熬的。为了能熬过这段日子，他们频繁书信，互相安慰和鼓励。

日出

元和九年（公元 814 年），白居易丁忧结束，但朝廷好像把他忘了，没有让他复职的迹象。

之所以如此，一是白居易曾经得罪过的宦官吐突承璀被重用；二是与他关系不错的宰相李绛被免职了。

白居易有些坐不住了，他要养家，不能只靠元稹的接济。就在白居易一筹莫展之际，他的两位朋友——礼部侍郎崔群和已经被免去宰相职位的李绛来下邽看望他。

崔群和李绛来到白居易家时，白居易不在，他的妻子告诉崔李二人，他在田间劳作。崔李二人大惊，在他们眼里，白居易是个瘦瘦弱弱的文人，哪里会干农活？即使会干，他身体也受不了呀。

“咱们去田里看看白郎？”崔群对李绛说。

崔群和李绛无法想象白居易干活的样子，对此充满了好奇。然而，当他们在白居易家人的带领下，来到他劳作的田边时，却只看到田里有个戴着草帽的农夫在干活，并无白居易。

“白郎哪里去了？”崔群说。

“田里干活的就是！”白居易的家人指着田里的农夫说。

崔群和李绛互看一眼，不约而同道：“那是白郎，白二十二？”

崔群和李绛的声音，惊动了田里干活的农夫，他抬起头，果然是白居易。不过，这个在京城拥有无数崇拜者，曾任翰林院学士、左拾遗的白居易面容苍老，身材消瘦，头发和胡子不仅有一半白了，而且干枯如杂草。

“白二十二怎么一下子老成这个样子了？”李绛说完，长叹一声，看了崔群一眼，崔群也叹了口气，无奈地摇了摇头。

白居易认出了崔群和李绛，兴奋异常，他提着锄头，踉踉跄跄地上了岸。一边跑一边说，他这几天，正寻思着给他们写信。

白居易写信给崔群和李绛，是想央求他们，帮助自己尽快复职。

如果不是看到白居易这个样子，崔李二人不会马上答应，毕竟目前他们在朝廷的情况也不乐观。不过看了白居易的样子，他们不忍拒绝，让白居易在家等好消息，临走时，他们还留下了些银两。

回京城后，崔群和李绛抱着被贬的风险，在唐宪宗面前，为白居易说情。

白居易的才华，唐宪宗一直都是认可的，只是不喜欢他的处事方式。想着白居易在诗坛有不少拥趸者，又听崔群和李绛说了他如今的困境，顿生怜悯之心，同意让他回京城复职，任赞善大夫，正五品上，辅佐太子读书。

这一年，白居易四十三岁。

再次回到京城，白居易有种恍然隔世的感觉。虽然赞善大夫一职从品级上来说不低，但所做的事却无法和左拾遗以及任翰林院士相比，且在东宫也只是偶然参谒，并无具体事务要做。

这是一个闲职。但就是这样一个闲职，对当时的白居易来说也已经很好了，毕竟有了俸禄，不会再让家人跟着自己饿肚子。因而，一接到诏书，白居易就写信给江陵的元稹，告诉了他这个喜讯，还说以后不用再给他寄银两了。

元稹看了白居易的信后，很为他高兴，希望自己也能尽快回京城。

白居易看了元稹的信，一阵心酸。

从这近十年，两人的经历来看，他们的人生很相似。因而白居易和元稹都觉得，一个已经看到了曙光，另一个的黎明也快要到了。

元和十年（公元815年）初，元稹奉诏回朝，这一年，他三十七岁。

虽然白居易复职，让元稹看到了希望，可当真正接到回朝诏书时，元稹还是有些不敢相信，觉得是场梦，再三确认后，他喜极而泣。当天就给白居易写信，告诉了他这个好消息。

元稹给白居易写这封信的时候，一改以前的洋洋洒洒，事无巨细，只有短短的一行字：我要回京城了，奉诏回朝！

元稹奉诏回朝的事，白居易比元稹知道得还早，太子身边耳目众多，消息灵通。因而在元稹将写给白居易的信交给驿使的当天，他就收到了白居易的信。

“微之，京城见！”

这也是白居易写给元稹的信里最简洁的一封。不约而同地简洁。

不过，虽然字数很少，但从两封信的字里行间，能感受到他们的开心。

“人生得一知己足矣！”元稹和白居易在接到对方的信后，都说了这么一句。

元稹日夜兼程，只想以最快的速度离开江陵，回到京城。

江陵似乎成了他仕途的梦魇，他只想赶快离开，和过去的黑暗决裂。回程路上，元稹的心情很舒畅，他觉得自己已经熬过了最难的时刻。

元稹马不停歇，比预期早到长安。休息一天后，他径直去了白居易在昭国坊的家。

重逢

昭国坊的房子是白居易丁忧回来后租赁的。两个从人生的低谷爬上来的知己，久别重逢，热泪盈眶，反反复复打量对方。

白居易比元稹印象中憔悴了很多，而元稹的眼神中，也少了不羁和潇洒。

为了给元稹接风，白居易搬出了自己酿的酒。

白居易之前在给元稹的信中多次提他酿的酒香飘几里，还说凡是喝过他的酒的人，没有不啧啧稀奇的。最后还说，他一定要酿一坛最好的封存起来，等元稹回来喝。

“这就是专门为你酿的那一坛！”白居易说着话，用木勺舀了半碗，递给元稹。

元稹先看色，再闻味，赞道：“好酒！好品相！”

说完，元稹端起碗，先是小喝了一口，接着闭着眼睛，陶醉道：“本以为乐天只是诗写得好，想不到酒也酿得好！”

说完，又喝了一口，“比酒楼的黄醅酒都好。”

元稹所言有些夸张，但白居易的酒酿的确实好，很多喝过他酿的酒的人，都说胜过酒家的黄醅酒。

白居易听后大笑。

“别人说这酒好，未必好，微之你说好，就一定好！”白居易说完又开心地吟道，“开坛泻罇中，玉液黄金脂。持玩已可悦，欢尝有余滋。一酌发好客，再酌开愁眉。连延四五酌，酣畅入四肢。”

刚吟完，白居易的妻子杨氏就命人端上了蒸羊头。两个人一边喝酒，吃蒸羊头，一边聊天。

聊着聊着，他们都沉默下来。过了好久，元稹说：“我突然想起咱们备考制举的时候了！”

“那时候真快乐啊！”白居易说。

“早知仕途如此不顺，倒不如一直过那样的日子。”元稹说。

他们都不想说官场上的事，但好像这又是他们非说不可的事。

“辅佐太子读书，可好？”元稹问。

“闲职而已！”白居易苦笑一下，随即又自嘲道，“不过闲职也有闲职的好，至少不用担心得罪人。”

“也是！闲着就不会得罪人，不得罪人，就没有被贬的风险。不知陛下此次召我回京城，要授我什么职位？”

几杯酒下肚，元稹意识到，自己虽然回到了京城，但前途依然渺茫。

“如今的我没有更多要求，能像乐天你一样，在京城有个不得罪人的闲职，也就满足了！”元稹说。

白居易知道，元稹只是在仕途不顺时才会说这样的话，一旦真给他一个闲职，他又不满足了，于是也就说：“微之，陛下能下诏让你回朝，一定有重要职位给你！”

“职位重不重要，我已经不敢再有奢望了。”元稹说完，拿起酒碗，和白居易碰一下，“不说了，今天只喝酒，不说烦心事！”

难言

这天，白居易和元稹都喝多了，元稹没有回家，住在了白居易家里。之后的几天，只要白居易有时间，就会邀约几位朋友，和元稹一起喝酒，去郊外游玩。

白居易有官职在身，并不能时时刻刻陪着元稹，没有白居易和朋友相陪时，元稹就想做点其他事。有天，他对白居易说："把你这几年写的诗稿给我。"

白居易没有明白元稹的话，元稹又说："你这几年一定写了不少诗，我这几年也写了不少，趁我在京城闲来无事，把咱们的诗稿整理一下，整理成一个集子。"

"这想法不错，还是微之想得周到，只是现在咱们难得相聚，整理诗稿的事先放着，等退仕后再说！"白居易说。

"退仕还早，再说了，谁知道以后会发生什么事呢？早点整理好！"元稹说。

元稹近些天情绪低落，白居易想，给他找点事做也好，也就答应了。在将诗稿交给元稹后，两个人经过商量，给集子取名《元白还往诗集》。顾名思义，专门收集他们二人的酬和诗[1]。

之后，元稹一边收集他和白居易的酬和诗，一边等待朝廷授官。然而，随着时间推移，不要说元稹，就是白居易也感到了不安，这种不安，让他们再喝酒、游玩时，会突然沉默下来。

有一天，元稹对白居易说："在江陵，接到诏令的那刻，我以为回到京城后，就能被委以重任，可回来这么久还没有消息，深感不妙！"

元稹相信白居易也有这种感觉。

白居易确实有这种感觉，于是利用他赞善大夫的身份，在东宫那边打听。得出的结果是，元稹依然不被唐宪宗信任，甚至在唐宪宗眼里，元稹一旦被委以重任，就会搅得朝廷不得安宁。

白居易没有把这事告诉元稹。

---

1 | 酬和诗，通过诗歌对答的形式，对酬和对象在诗中提到的话题进行相应的关切，或寄托对对象的劝勉鼓励之情，或仅是朋友间情趣的表达。

“乐天，如果现在再授你我左拾遗，你还会像以前一样吗？”元稹有天突然问。

白居易先是沉默，接着说：“你呢？还会像以前一样吗？”

“不知道！”元稹回答得很干脆，“被贬去江陵后，有很长一段时间，我都在问自己这个问题，最后我想，就算我仍然像以前一样尽忠职守，也不会再像以前一样，视所有宦官为敌了。”

元稹将他仕途之路的不顺，归结为他得罪了宦官集团。

“是因为崔监军？”白居易问。

元稹先是摇头，接着又点了点头。白居易所说的崔监军，是荆南节度的监军宦官崔潭峻。

元稹在被贬到江陵后，因为之前一直与宦官为敌，担心崔潭峻借机刁难他，很是提防。可慢慢他发现，崔潭峻不仅没有对他使坏，还很欣赏他的才华，处处关照他。

面对崔潭峻屡屡对他释放善意，元稹放下了戒备心，转而开始对崔潭峻示好。

崔潭峻对他的态度，以及他对崔潭峻态度的转变，元稹都在给白居易的信中提起过，不过他并没有说他和崔潭峻交好的事。不是他不信任白居易，而是他不想让白居易知道，他“背叛”了文人集团。

当然，还有个重要原因，靠近崔潭峻，元稹是有私心的，他想攀附宦官，进而翻身。

经历了仕途的巨大坎坷，元稹的心态正在慢慢发生转变。

白居易能够感觉到，也能理解。他看着元稹，想要说什么，但最终没有说出口。他想劝元稹，劝他可以不视宦官为敌，但绝对不能与宦官走得太近，因为内廷宦官与文人集团一直都是死对头，一旦元稹和宦官走得太近，很可能遭到文人集团的唾弃，到了那时候，元稹可就里外不是人了。

又见灞桥

白居易和元稹最担心的事还是发生了。

元稹等来的不是提拔，而是继续被贬谪。

元稹此次被贬的地方是通州（今四川省达县），任通州司马。得知此消息后，元稹出奇的冷静，什么话都没有说，甚至连表情都没有变，在家里该干什么还干什么，天快黑的时候，他去了白居易家。

一见到白居易，元稹就对他说："乐天，我要离开长安了。"

白居易一听，先是脸色一变，接着问："去哪儿？"

"通州。"

"果然！"白居易心想。他没有说话，只是看着元稹。元稹苦笑一下说："我被贬，你并不意外，对吗？"

白居易没有回答，只是说："你打算怎么办？"

"还能怎么办？乐天，我的仕途之路，已经走到尽头了！”元稹无力地叹了口气，“我一次次怀抱希望，又一次次看着希望破灭。”

白居易正要安慰元稹，元稹说：“不用安慰我，我知道这次被贬意味着什么。罢了，被贬就被贬吧！走到尽头就走到尽头吧！能够远离朝廷也好！再说，不管贬去哪里，任什么职务，有俸禄，能够养活儿女，也就够了。只是……很可惜，我们的《元白还往诗集》还未整理完，只能等我去了通州后，慢慢整理了。”

元稹说这些话的时候，语调没有丝毫的起伏，很平静，完全不似他之前的作派。白居易知道，这是他内心绝望到一定程度的表现。

“诗集没有整理完不要紧。”白居易说“只是，相聚没多久，你就又要走了，你这一走，我又是独自一人矣。”

表情一直没有变化的元稹，听完这句话后，眼圈红了。

“乐天，此去经年，不知道，何时才能再相见！”

一听元稹这话，白居易顿时悲从心中起。

元稹能如此绝望，并不仅仅因为通州条件太差，而是他觉得，其他人不愿意去的地方，叫他去，可见唐宪宗是多么讨厌他。一个被皇上讨厌的人，还有什么升迁机会?

白居易并不觉得是唐宪宗讨厌他，而是觉得仍是小人在作祟，是他们容不下元稹。其实，此次元稹被贬，白居易最担心的，还是元稹的身体。

元稹的体质一直不好，去了通州那样的地方，能适应吗?身体吃得消吗?

通州以前并不差，最繁华时曾有过二十多万人口，但安史之乱后，这个地方发生了很大改变，是朝臣们最不愿意去，听了就头痛的地方。

元和十年（公元815年）三月，元稹离京，骑马前往通州。

白居易将元稹送到了灞桥，并为他设宴告别，两个人一杯又一杯地喝着酒，不忍离别。

“真希望能这样一直喝下去。”元稹说。这是元稹的心里话，也是白居易想说的。

“元司马，该起身了！”船家一遍又一遍地催着，催到第四遍的时候，元稹不得不起身。

两个人默默走到船边，就在元稹就要上船时，白居易突然说：“微之，等等！”

白居易说着话，转身跑到了柳树下，折了一枝柳条送给元稹。

“微之，我们虽然见不到面，但我们还可以通信，可以写诗酬和。”白居易说。

“乐天，除了与你通信和写诗，我此去还有什么指望呢？”元稹接过了白居易递来的柳条。

元稹上了船，在船慢慢向河中央移动时，他又冲岸上白居易那越来越小的身影大声喊：“乐天，我可俘为囚，我可刃为兵，我心终不死，金石贯以诚。”

元稹的话音未落，眼泪已经流了下来。

岸边的白居易一边冲元稹扬手，一边也大声说：“微之，誓心除国蠹，决死犯天威！”

然而，虽然与白居易告别时，元稹最后一刻，表现出了绝不向恶势力低头的决心，但等他到了通州，看到通州的情况时，还是既惊讶又害怕更难过。他写信给白居易：“通之地，湿垫卑褊，人士稀少，近荒扎死亡过半，邑无吏，市无货，百姓茹草木，刺史以下，计粒而食。大有虎貘蛇虺之患，小有蟆蚋浮尘蜘蛛蛒蜂之类，皆能钻啮肌肤，使人疮痏。”

那时候的元稹，如果不是因为一份俸禄，甚至想辞官转身回京城。

白居易接到元稹的信后，越发为他担心。

“微之，我情愿被贬去通州的是我啊！”白居易在心里说。

元稹的遭遇，以及自己无所事事的职务，让白居易有时候也会生出生不如死的感觉。

难道自己一直这么浑浑噩噩下去？白居易不甘心。

就在这时候，京城发生了一件大事，一件震惊朝野的大事，这件事最终成了白居易命运的转折点。

第十二章 受武元衡案牵连被逮

混乱

元和十年（公元 815 年）六月初三，天还未亮，四周静悄悄的，住在靖安坊的宰相武元衡缓步走出家门，前面是提着灯笼的随从。

在马夫的搀扶下，武元衡上了马，一行三人和一匹马，一起朝大明宫方向走去。

武元衡去大明宫，是为了上朝。

靖安坊到大明宫的这段路，是武元衡一行人再熟悉不过的路，是他们闭着眼睛都不会走错的路。

四周寂静无声，只有随从和马夫的脚步声。坐在马上的武元衡像往常一样，闭目养神。

突然，离他们几步远的地方，蹿出了两个黑影。随从和马夫没有反应过来，马却反应过来了，它连退两步，发出轻声的嘶鸣。

马夫一惊，随从也慌忙将手上的灯笼提高，凭借微弱的光，他们看到面前有两个蒙面人，一个腰里别着刀，手里拿着弓箭，另一个手里提着大棒。

“你们……”随从刚刚说出两个字，手里的灯笼便掉落在地，灭了。

周围漆黑一片。

“不好！”随从大叫一声，“有刺客！”

坐在马上的武元衡一惊。马夫反应过来，正要牵马调头离开，可不等他转身，他头上便遭到了一闷棍。马夫吭都没吭一声，倒在了地上，随后倒在地上的还有随从。

马受到惊吓，高高扬起了蹄子。不知所措的武元衡，先是被一棒击中，接着从马上掉了下来。

两个黑影一前一后，站在跌落在地的武元衡面前。

“你们是什么人？”武元衡有气无力地问。血顺着他的头，流了下来。

两个黑影并不说话。一道亮光闪过，武元衡的头和身子分了家。拿着大棒的蒙面人拾起武元衡的头颅，扬长而去。

整个过程，两个蒙面人都没有说话。街道再次安静下来。

此时，御史中丞裴度骑着马，和他的马夫、随从正从通化坊出来。随从提着灯笼走在前面，后面是牵着马的马夫，以及骑着马打着哈欠的裴度。

裴度昨晚没有睡好，困得快要睁不开眼睛了。突然，一团黑影挡在了他们前面。不待裴度和随从、马夫反应，一个黑影已经到了裴度面前，他举起刀，朝裴度的头砍去。

裴度还没有来得及吭一声，便掉下马，滚到了旁边的水沟里。

拿刀的蒙面人见裴度掉入水沟，正想下去补刀，裴度的随从反应过来，一边大叫“主人小心”，一边扑到蒙面人面前，紧紧抱着他的腿，嘴里大声喊：“刺客！刺客！有刺客！”

马夫惊呆了，撒腿就跑，没跑几步，便被拿着大棒的蒙面人打死了。

此时，由远及近的马蹄声传来，拿着刀的蒙面人急了，他举起刀，将抱着他腿的随从的胳膊砍断，和同伙一起跑了。

随从因为流血太多而亡，裴度被人从水沟里捞起来时，只是受了些伤，并没有死。保住他命的，是他头上戴的那顶厚厚的毡帽。

天子脚下，堂堂宰相和御史中丞，竟然被当街刺杀，京城一时之间人心惶惶。

唐宪宗震惊不已，悲痛之下，他先是下令取消当日朝会，关闭城门缉拿凶手，接着又担心其他宰相被刺，派禁卫军去保护，同时还召群臣来商量对策。

事情越大，背后的原因就越复杂。

朝野震动之后，冷静下来，不少人意识到事情不简单。宰相韦贯之和张弘靖更清楚这一点，他们沉默不语。

群臣的沉默不是毫无头绪，虽然不知道刺客是谁，但武元衡和裴度为何遇刺，朝中臣子和皇帝都能猜个八九不离十。只是，心里越清楚，大臣也就越不愿意说话，以免引火烧身。

“众爱卿，说说吧！如此恶劣事件，到底是谁指示的？”唐宪宗说。

臣子们全都低垂着头，一副讳莫如深的样子。

发声

安史之乱后，唐朝陷入到严重的政治危机中：宦官专权，朋党之争，藩镇割据……

元和九年（公元 814 年），淮西节度使吴少阳去世，他的儿子吴元济自称留后，朝廷不接受他的称号，吴元济为了逼迫朝廷接受，率兵攻河南舞阳、叶县、鲁山、襄城、阳翟等地。

“大胆逆贼！”唐宪宗气愤之余，下诏讨伐吴元济。吴元济有些怕了，向河北藩镇王承宗、山东藩镇李师道求助。吴元济的所作所为也是其他藩镇想做但没做的事，于是王承宗和李师道等人一起上表，请朝廷赦免吴元济。

唐宪宗知道他们的打算，不仅不同意，还想杀鸡骇猴，以便让其他藩镇打消这个念头。王承宗、李师道等人一合计，派刺客刺杀宰相武元衡和御史中丞裴度。

之所以要刺杀他们二位，是因为他们主张讨伐吴元济，且负责讨伐。李师道等人希望通过这种方式，威胁和恐吓朝廷，让他们不敢再提讨伐之事。

显然，他们的威胁和恐吓见效了。群臣以及掌权的宦官全都意识到，刺客的背后是藩镇，这股力量让他们避之不及。

左赞善大夫白居易也知道这件事的内幕，对于朝廷对这件事表现出的冷漠很是愤慨，同时也为死去的宰相武元衡和受伤的裴度叫屈。

义愤填膺的他虽然没有资格被唐宪宗召去商量，但还是紧急上疏，称宰相当街被刺杀是朝廷的耻辱，恳请急捕刺客，以雪国耻。同时严缉刺客背后的指使者，以肃法纪，告慰武元衡的亡灵。

“严缉凶手，追查指使者”也是唐宪宗的想法，可臣子们和掌权宦官却不发一言，让他很是生气。于是借白居易紧急上奏一事，质问那些重臣和掌权宦官，称白居易只是太子的左赞善大夫，面对这件事都能紧急上奏，你们为何一个个都沉默不语？

吴元济事件发生后，宰相张弘靖和韦贯之等人因为忌惮藩镇，一直主张安抚藩镇。白居易严缉凶手的主张，本已违背了他们的主张。如今见他上奏，给了皇上借题发挥的机会，进而质问他们，因而很生气。

“这个白居易，简直就是故意和我们作对。”张弘靖对韦贯之说。

“他一向如此，看似在匡扶正义，实则为了一己私利，想要重回陛下身边。”韦贯之说。

此时，白居易曾经得罪过的掌权宦官吐突承璀，见白居易在此事上“大出风头”，博得了唐宪宗的好感，很是嫉恨，决定将白居易赶出京城。于是，他找了个机会对唐宪宗说：“陛下，白居易身为太子左赞善大夫，不好好辅佐太子，竟然越职言事，应该罢免！”

唐宪宗愣了一下，他在盛赞白居易的时候，没有想到这一点，因而也就说：“虽然他越职言事，却也是为了缉拿凶手。”

吐突承璀一听，更加嫉恨白居易了，担心白居易因此事而升官，就又污蔑白居易，说他不孝，其母陈氏因看花跌井而亡，可白居易竟然还写了不少关于井和花的诗，这样一个不孝之人，留在太子身边，影响不好。

唐朝推崇孝文化，百善孝为先，唐宪宗听说白居易不孝后，很是生气，召白居易进觐，问他可有此事。

母亲陈氏有心疾，是白居易一直不愿意让外人知道的事，而他又确实写了不少关于井和花的诗。面对污蔑，白居易不知该如何为自己辩解。唐宪宗见此，怕他带坏太子，也就同意免去他太子左赞善大夫一职。

宰相张弘靖和韦贯之怀疑这是吐突承璀对白居易的污蔑，虽然在吴元济一事上，白居易让他们下不了台，可对他们来说，白居易也是文官集团的一员，于是决定授他为江表刺史。

就在这时，曾与白居易同在翰林院，喜欢见风使舵的中书舍人王涯，为了讨好掌权的宦官吐突承璀，也为了铲除白居易这个有力的竞争者，落井下石。他上奏说，白居易这样一个不孝之人，根本不适合做一州长官。

宰相张弘靖和韦贯之也就将白居易贬到了江州（今江西九江）任司马。

自己对皇上一片忠心，一心为国，竟然还要被人泼脏水，逐出京城。白居易既生气又无奈，他开始怀疑之前的信念，难道想要“兼济天下”是错的？

第十三章 通州与江州的距离

旅途

白居易带着不甘，离开了长安。

白居易离开的时候，正值秋天，秋风瑟瑟，落叶纷飞。想着几个月前，自己刚刚送走元稹，此刻自己又要离开，且离开时还无人相送。

独自走元稹走过的路，白居易越想越觉得凄凉。

“唉！早知如此，倒不如微之被贬时，也和他同时被贬，这样就能一路做个伴了。”

被贬到江州任司马的事，白居易还没有写信给元稹说。

白居易从元稹给他的信中，知道他在通州过的不好，因为不适应当地水土，经常生病。他已经够痛苦了，自己又何必徒增他的伤悲？

不过，白居易在前往江州的路上，随身带上了元稹的诗卷，心情不好时，他就拿出来看。

白居易一路骑着马，来到了位于蓝田和商洛之间的交通要塞——蓝桥。蓝桥有个驿站叫蓝桥驿。在蓝桥驿休息时，白居易无意间看到墙柱上有首元稹写的诗：

五年江上损容颜，今日春风到武关。
两纸京书临水读，小桃花树满商山。[1]

白居易吟完，鼻子一酸。

这首诗是元稹在被贬到江陵府任士曹参军，奉召回京途中写下的。从他这首诗中，白居易能感受到元稹当时的雀跃心情。元稹诗中所说的两位京城朋友，其中一位就是白居易。

“微之啊微之！”白居易看着墙上的诗，感慨道，“你在写这首诗时，怎会想到又被贬去通州？而我在被贬去江州时，又恰好看到了你的这首诗……”

“真是一语成谶啊！”白居易喃喃道，“你就是我，我就是你，你仕途不顺，我的仕途又怎会顺利？”白居易

1 | 唐·元稹《西归绝句十二首其二》。

百感交集，马上在元稹诗旁和了一首诗：

蓝桥春雪君归日，秦岭秋风我去时。
每到驿亭先下马，循墙绕柱觅君诗。[1]

驿站墙柱上元稹的诗，将白居易带回到了他和元稹在京城相聚的点点滴滴。想着他们在华阳观时的意气风发，再想想如今的不如意，白居易整个晚上都无法入眠。

白居易继续前行，天气也像他的心情一样，接连几天都阴沉沉的，有两天还下起了小雨，白居易的心情也低落到了极点。

经过商州和襄阳时，白居易内心的悲凉和沮丧，也只有靠寻找元稹的墨迹来排解了。

前往江州需要走一段水路。走陆路时还可以寻找元稹留下的墨迹，走水路就不一样了。乘舟时，那种孤独和寂寞，让白居易越来越烦躁，也越来越悲伤。他时常流着泪看着

---

1 | 唐·白居易《蓝桥驿见元九诗》。

江面，有时还会有种跳下江，一了百了的想法。

当死的念头生起时，白居易自己也吓了一跳。

“千万不能有这种想法。”白居易想，自己还有妻儿，若死了，他们又该如何生存呢？还有微之，自己跳江而死，他会怎么看自己呢！

为了能让自己低落的情绪缓解，白居易就去看元稹的诗，看到《菊花》时，他吟了起来：

秋丛绕舍似陶家，遍绕篱边日渐斜。
不是花中偏爱菊，此花开尽更无花。[1]

白居易曾经问过元稹，问他喜欢什么花，元稹说，菊花。

“为什么最爱菊花？爱它什么？”白居易问。

“爱它凌风霜而不凋！”元稹说。

“凌风霜而不凋！”白居易喃喃说，“微之说得好，你爱菊，实则你就是那菊啊！”

---

1 | 唐·元稹《菊花》。

元稹是那凌风霜而不凋的菊，自己也便是了。

“主人，休息一会儿再看吧！”随从见他日夜捧着诗卷读，怕他熬坏了眼睛，提醒他说。

白居易抬眼，问：“什么时候到岸？”

“刚刚问过船家了，还需要一天。”随从说。

白居易叹口气，放下诗卷，来到船头，闭眼倾听浪打船头的声音。

“此刻，微之又在做什么呢？是否已经适应了通州恶劣的环境？”白居易想。

江州司马

白居易坐在船头思念元稹的时候，元稹也在为白居易被贬到江州而震惊、愤慨。

元稹是从京城两位朋友的信中，得知白居易被贬江州的。

元稹流落到通州后，“哭鸟昼飞人少见，怅魂夜啸虎行多[1]”，恶劣的环境让他经常生病，本来身体不适，心情欠佳，突然得知白居易被贬江州，万般怨苦、百般愁思，瞬间袭上头来。

卧病在床的他，怒声骂道：“真是岂有此理！不孝？乐天何时不孝？你们只是容不得他罢了！你们用不孝来排挤他，赶他出朝廷，真是太无耻了！”

骂着骂着，元稹流下泪来，他想起了自己的遭遇，曾

1 | 出自唐·元稹《酬乐天得微之诗知通州事因成四首》其三。

经满怀雄心壮志、想要改变黑暗的朝政的他们，如今都被赶出了朝廷……

“朝廷能够容下的，都是些奸佞小人啊！”愤慨之余，元稹又开始为白居易担心，不知他在前往江州的路上是否顺利，也不知他到了江州后，是否能够适应在江州的生活。

元稹知道，白居易不写信告诉他这件事，是不想让他担心。就像他此次生病，也没有告诉白居易一样。

元稹本来想等白居易到江州后再给他写信，可因为担心，也就不顾病体，连夜给白居易写了封安慰他、给他打气的信。信的最后，元稹附上了一首诗《闻乐天授江州司马》：

残灯无焰影幢幢，此夕闻君谪九江。

垂死病中惊坐起，暗风吹雨入寒窗。

白居易刚到江州，驿使就送来了元稹给他的信和所附的诗。

刚到陌生之地，便收到了元稹的信，信中安慰和鼓励的话，更是让他那已经凉透的心感受到了一些暖意。

白居易一遍又一遍地看元稹写来的信和诗，眼泪流了又流，怎么都止不住。当晚，他不顾劳累，给元稹回信，在信中，他说元稹信中的“垂死病中惊坐起”，即便是不相关的人看了，也会不忍再看，更何况是他呢？他每看一眼，都会难忍凄恻。

元稹在把给白居易的信送出后，一直在等白居易的回信，他不停询问妻子裴淑，可有江州那边的来信。

裴淑是元稹到通州后娶的妻子。元稹被贬通州后，带着两个年幼的儿女，很是艰难。在一个朋友的聚会上，他认识了裴淑，裴氏属于河东名门，擅长诗词、弹琴，且裴淑的相貌与他第一任妻子韦丛十分相似，于是心生好感。

裴淑欣赏元稹的才华，同情他的遭遇，于是也就和他结为了夫妻。

裴淑和元稹的前两任妻子一样贤惠，元稹在通州时常生病，也幸而有裴淑的照顾。

她有一首诗《答微之》流传于世：

侯门初拥节，御苑柳丝新。
不是悲殊命，唯愁别近亲。
黄莺迁古木，朱履从清尘。
想到千山外，沧江正暮春。

裴淑没有见过白居易，但却时常听元稹说起。此次元稹得知白居易被贬江州的消息后食不知味，夜不能寐，让她很是担心，知道元稹急着等白居易的消息，也就让保子去门口等着，说一旦驿使送信来，就赶紧给元稹送去。

当保子从驿使手里接过信，跑到床前递给元稹后，元稹还未拆封，便已经热泪盈眶。保子被父亲的样子吓坏了，哇哇大哭。裴淑听到保子的哭声后，急忙赶过来询问。

见元稹的手里拿着一封信，裴淑便安慰保子说："不要怕，你阿爷（爸爸）是收到江州司马的信了。"

江州司马官居从五品，是江州刺史的副手。虽然没有实权，但俸禄也算优厚，且江州这个地方，相比元稹所在的通州，不管是环境还是经济都好了很多。

当然，最让白居易感到欣慰的是，江州刺史崔能的崔家与白家是世交，因而白居易一来江州，便受到了崔能的热情接待。之后，白居易又在崔能的介绍下认识了很多朋友。由于是闲职，空闲时间也多，他就经常和朋友一起喝酒吟诗，日子也算逍遥。

可这样的生活并非是白居易真正想要的。江州司马这个职位，通常由罪臣担任，因而每当夜深人静，一想到"罪臣"两个字，白居易就觉得苦闷和彷徨。无数个夜晚，他辗转反侧，难以入眠，自己在长安时担任左拾遗、翰林院学士时参与朝政的情景，一幕幕地浮现在眼前，让他倍感落寞和惆怅。

和元稹在一起诗词酬和的日子，结伴去游慈恩寺、曲江池，去平康坊探访知己的日子，让白居易觉得，人生像是做了一场梦。

到底在长安的生活是梦，还是被贬江州的生活是梦呢？有时候，白居易也会恍惚。

一天晚上，白居易做了个梦，梦见和元稹在一起饮酒作诗，醒来后一阵怅惘。当天，他就写了首诗送去通州。

晨起临风一惆怅，通川湓水断相闻。

不知忆我因何事，昨夜三更梦见君。[1]

元稹收到白居易的诗后，反复吟读，读着读着，就觉得自己对不起白居易了。日有所思，夜有所梦，白居易做梦梦到自己，肯定是因为太过想念。可自己为什么就梦不到他呢？自己也一直很想念他，难道是自己对他的想念还不够吗？抑或是来到通州后，因为不适应当地的环境，导致身体不好，神思混乱，所以进入梦中的都是些无足轻重的闲人？

元稹想到这里，觉得有必要将这件事告诉白居易。他要让他知道，自己没有梦到他，是有原因的，虽然没有梦到他，却时刻挂念着他。

山水万重书断绝，念君怜我梦相闻。

我今因病魂颠倒，唯梦闲人不梦君。[2]

---

1 | 唐·白居易《梦微之（十二年八月二十日夜）》。

2 | 唐·元稹《酬乐天频梦微之》。

诗的后面，元稹还附上了一句话：“乐天，来这里后，我经常生病。这里疟疾成灾，我怕是不久于人世了，再也见不到你了。”

白居易接到元稹的信后很着急，他托人给元稹带去“红消散”和“碧云英”两种药，并附诗：“未必能治江上瘴，且图遥慰病中情。到时想得君拈得，枕上开看眼暂明。”

元稹收到白居易寄来的药和安慰诗后，马上回诗：“唯有思君治不得，膏销雪尽意还生。”

你所寄的药品虽然能治好我的病，可我对你的相思又要如何来治呢？

白居易一看，更担心了，急忙又写信说：“你一定要好好保重身体，好好活着，只有好好活着，我们才会有相见的那一天。”

白居易无时无刻不在想着元稹，有一次，一个朋友送给白居易几尺丝绸轻纱，白居易的妻子杨氏说这轻纱轻柔透气，正好可以给他做两件衣服。白居易一听，忙说这几尺丝绸轻纱的颜色非常适合元稹，还说通州天气炎热，元稹穿着最合适。

白居易不仅把那几尺丝绸轻纱送给了元稹，还把别人送他的上好凉席也一起让人给元稹送去，在信中，白居易说：“你那里炎热，把凉快的轻纱做成衣服穿在身上，就不会中暑了，还有那蕲春的凉席，铺在床上，睡觉会很凉快的。”

元稹和白居易，一个在通州，一个在江州，彼此虽相隔万里，但在仕途最黑暗的时候，他们却依然书信、诗歌不断，互相支撑，互相安慰。

白居易虽然一直写信鼓励安慰元稹，但心里却很矛盾，一想到朝廷腐败，他就心灰意冷。他常常想到隐退，但一想到他和元稹最初的政治理想，又觉得也许还有机会。

在这种既失望，又不甘的矛盾心情下，白居易唯有和朋友一喝酒吟诗游玩，才能排解他内心的苦闷和痛苦。

浔阳江头

元和十一年（公元816年）的一个秋天，有朋友来江州看望白居易，酒足饭饱后，白居易送朋友回家。

深秋的夜晚月色朦胧，凉风习习。在将朋友送到浔阳江头，和朋友依依惜别时，白居易突然听到附近船上传来阵阵琵琶声，那如泣如诉的琵琶声像是在诉说一个凄凉的故事。

白居易静静地听着，一曲终了，他觉得脸上凉凉的，一抹，全是泪水。

在这样一个偏僻的地方，怎么会有如此动人的“玉珠走盘”？一时间，白居易仿佛回到了长安的平康坊。

白居易自小就懂声韵，尤其是琵琶，十多岁时就能用琵琶熟练演奏《秦王破陈乐》。船上的琵琶声激起了他的兴趣。

“这琵琶声像是来自京城。”白居易想，莫非他乡遇故知？

来江州后，白居易思念关于京城长安的一切，包括去平康坊听乐妓演奏。

朋友坐船离开了，白居易径直朝那条船走去。船上只有船主坐在那里独饮，并不见弹奏者。见白居易上来，船主起身招待他坐下。

白居易问刚刚是否有人弹琵琶？船主说，弹琵琶的女子已回里舱休息了。

白居易说他想见见弹奏的小娘子，船主答应一声，回了里仓。不一会儿，里仓帘子撩开，白居易看到一个容貌秀丽但略显憔悴的女子走了出来。

女子低垂着头，并不看白居易，只是向他施了个礼，白居易问她可是从长安来的。女子先是一惊，接着慢慢抬起头看了白居易一眼，垂眉轻声道："正是！"

白居易非常高兴，说他也是从长安来的，如今在江州任司马。女子再次抬起头来，上上下下打量了白居易一番，然后微微屈膝，向他施了个礼。这个施礼动作，和白居易去长安乐馆见到的一模一样。

“既然他乡遇故知，小娘子可否与我聊上一聊？”白居易兴奋道。

女子没有说话，只是看了看船主，见船主点头，也就点了点头。

很快，船家摆上了酒宴，白居易一边饮酒，一边和女子聊天。从聊天中，白居易得知，女子由于家境贫寒，自小就被送去教坊学弹琵琶。十三岁时，在常乐坊的虾蟆陵成为长安首屈一指的名伶。

当时，长安的五陵富少个个争先恐后地邀请她，送她金银首饰，带她吃山珍海味。然而，随着年龄的增长，她芳华不再，五陵富少们也就不再追捧她，而是去追捧其他人。失落的她只好嫁给了一个商人。

女子说完，双眼含泪。白居易的心里也有一丝酸楚，他让女子为他弹奏几曲当年她在长安时所弹的曲子。

女子拿起琵琶。只见她轻拢慢捻，刹那间，琵琶声犹如珍珠落玉盘般，散落在夜空中。

白居易听得如醉如痴，但女子的神情却是落寞的。这种落寞，白居易体会得到，那也是他的落寞。

他们虽然一个是歌女，一个是朝官，可命运又是何其相似。她曾是长安城里的头牌，有无数人追捧；他曾是长安才华横溢的翰林院学士，追随者无数。可如今，她沦落为了船上的琵琶女，而他也沦落为了江州的司马。

两个天涯沦落人，相遇在了清冷的浔阳江头。白居易想到这里，潸然泪下。

同是天涯沦落人，相逢何必曾相似。曾经的锦秀前程不在，诗文报国的梦想也将破碎，白居易禁不住悲从心中起……

与女子告别后，他写下了奠定他在诗坛地位的《琵琶行》：

浔阳江头夜送客，枫叶荻花秋瑟瑟。
主人下马客在船，举酒欲饮无管弦。
醉不成欢惨将别，别时茫茫江浸月。
忽闻水上琵琶声，主人忘归客不发。
寻声暗问弹者谁？琵琶声停欲语迟。
移船相近邀相见，添酒回灯重开宴。

千呼万唤始出来，犹抱琵琶半遮面。

转轴拨弦三两声，未成曲调先有情。

弦弦掩抑声声思，似诉平生不得志。

低眉信手续续弹，说尽心中无限事。

轻拢慢捻抹复挑，初为《霓裳》后《六幺》。

大弦嘈嘈如急雨，小弦切切如私语。

嘈嘈切切错杂弹，大珠小珠落玉盘。

间关莺语花底滑，幽咽泉流冰下难。

冰泉冷涩弦凝绝，凝绝不通声暂歇。

别有幽愁暗恨生，此时无声胜有声。

银瓶乍破水浆迸，铁骑突出刀枪鸣。

曲终收拨当心画，四弦一声如裂帛。

东船西舫悄无言，唯见江心秋月白。

沉吟放拨插弦中，整顿衣裳起敛容。

自言本是京城女，家在虾蟆陵下住。

十三学得琵琶成，名属教坊第一部。

曲罢曾教善才服，妆成每被秋娘妒。

五陵年少争缠头，一曲红绡不知数。

钿头银篦击节碎，血色罗裙翻酒污。
今年欢笑复明年，秋月春风等闲度。
弟走从军阿姨死，暮去朝来颜色故。
门前冷落鞍马稀，老大嫁作商人妇。
商人重利轻别离，前月浮梁买茶去。
去来江口守空船，绕船月明江水寒。
夜深忽梦少年事，梦啼妆泪红阑干。
我闻琵琶已叹息，又闻此语重唧唧。
同是天涯沦落人，相逢何必曾相识！
我从去年辞帝京，谪居卧病浔阳城。
浔阳地僻无音乐，终岁不闻丝竹声。
住近湓江地低湿，黄芦苦竹绕宅生。
其间旦暮闻何物？杜鹃啼血猿哀鸣。
春江花朝秋月夜，往往取酒还独倾。
岂无山歌与村笛？呕哑嘲哳难为听。
今夜闻君琵琶语，如听仙乐耳暂明。
莫辞更坐弹一曲，为君翻作《琵琶行》。
感我此言良久坐，却坐促弦弦转急。

凄凄不似向前声，满座重闻皆掩泣。

座中泣下谁最多？江州司马青衫湿。

大雁

白居易在江州虽惆怅，却也悠闲自在。他在江州有一群志同道合的朋友，常常一起去庐山游玩。

庐山是白居易最喜欢去的地方，也是诸多文人墨客魂牵梦绕的地方。

庐山因其“雄、奇、险、秀”而闻名，它三面临水，层峦迭嶂，诸多文人墨客不惜笔墨来赞颂它。

庐山最有名的，还数那瀑布。庐山的瀑布，犹如一匹白练挂在悬崖上，瀑布溅起的水滴滴在岩石上，犹如环佩碰撞，叮当作响。

李白生前常去庐山，并留下了“日照香炉生紫烟，遥看瀑布挂前川。飞流直下三千尺，疑是银河落九天”的诗句。李白诗中的“香炉”指的是庐山北峰香炉峰，香炉峰形似香炉，瀑布飞泻，水气升腾，在日光照耀下，就像香炉升起冉冉紫烟。

香炉峰北边有座寺庙叫遗爱寺，在遗爱寺与香炉峰之间，还有个地方，这个地方可望群山，可听泉鸣。白居易任江州司马的第二年秋天，就在朋友的陪同下来到了这里。

一到这里，白居易那被朝廷“抛弃”的愤懑之情烟消云散，心情变得平静而喜悦。

遗爱寺里有很多桃花树，桃花盛开时犹如天空落下的胭脂云，非常好看。白居易一进遗爱寺，便被眼前的景色惊呆了，欣喜之余，他吟道“长恨春归无觅处，不知转入此中来”。

朝廷的腐朽黑暗、仕途的不顺以及被贬江州的绝望，让白居易的内心萌生出了抽身官场的想法。因此他决定，在遗爱诗和香炉峰之间的空地上修建一座草堂，卸任后便在此归隐。

白居易说行动就行动。几个月后，一个有着三间屋，一个中厅的草堂就建成了。

外界通向草堂的路由白石铺就。草堂前有座平台，平台的南边筑着一方水池，水池中既有莲，也有鱼。水池周围是草木竹林，郁郁葱葱。草堂北面有一座假山，这座假山由白居易捡的石头垒成，假山上有飞泉，也有茶树。

白居易经常和朋友们在这里就着泉水烹茶，赏月吟诗……

这座草堂让白居易暂时忘却了被贬的不快。自草堂建成，白居易就时常与附近东、西林寺的僧人品茶聚会，谈禅论文。

白居易太喜欢这座草堂了，建好后，他还特意写了一篇《庐山草堂记》，在文中他说：在此处住一夜，身体安康；住两夜，心情舒畅；住三夜，物我两忘。

草堂修建好后的这年冬天，一场大雪使山中草木全都被覆盖在积雪之下，鸟儿们无处觅食，冒险落进了农户家里，被孩子们捉住玩弄。

白居易在雪天漫步草堂周围时，发现几个小孩在玩弄一只大雁，这是一只因饥饿而无力飞行的大雁，白居易顿生怜悯之情，让孩子们放了它。

这些孩子都认识白居易，平时称他为怪老头。他们一边嬉戏，一边对白居易说："怪老头，我们为什么要放？这是我们好不容易才捉住的，等会儿我们还要把它煮了吃。"

“既然不愿意放，那卖给我可好？”白居易摸出几枚钱币对他们说，“拿着这些钱币，你们就能买到你们喜欢的东西了。”

一见钱币，孩子们全都围在了白居易身边，确定他真的要买大雁后，就答应了。

白居易捧着奄奄一息的大雁回到了草堂，在用身体将它捂热后，又喂了些食物给它。

大雁在白居易的精心呵护下恢复了活力。放飞它时，白居易对大雁说：“你千万不要往西北飞，那里有叛军吴元济，你若不小心被他们的士兵捉了去，定会吃了你。”

“吴元济”三个字一出口，白居易就愣住了，原来宰相武元衡被当街杀的事一直都藏在他心里。白居易的心一阵揪痛。这时他才意识到，虽然自己常有隐退的念头，实际上仍然心系国家，心系朝政。

虽然在庐山整日与朋友喝酒吟诗，和当地僧人交游谈禅，看似逍遥自在，实则只是在逃避。

内心终究是不甘的……这种发现，让白居易再次开始关注朝廷的政治动向，并期待有一天能够复出。

第十四章

仕途转机

绝境逢生

元和十二年（公元817年），白居易在翰林院时的同僚，与他私交不错的崔群出任中书侍郎、同平章事，做了宰相。那个曾对他落井下石的王涯则被罢免了。同时，叛贼吴元济被平定。

得知这些消息后，白居易大喜过望，不过高兴之后又沮丧起来，这些好消息，与自己又有什么关系呢？自己还不是被困在江州，受闲职束缚，为案牍公事所累，动弹不得？

白居易有种“壮心空许国，薄面不如人”的感觉。不过，很快又有好消息传来。叛贼吴元济的平定，让唐宪宗彻底松了口气，高兴之余，第二年宣布大赦。

白居易被贬江州，只是受到了权臣和宦官的污蔑。对于这一点，朝臣们明白，唐宪宗更是心知肚明，因而他也就在大赦名单之列。

白居易立刻写信给宰相崔群，希望他能帮助自己，将自己调到离长安近点的地方。

这时候的白居易，还没有奢望能调回京城。

白居易一向人缘极好，宰相崔群在收到白居易的信后答应帮忙，与此同时，江西观察使裴堪和江州刺史崔能等人也都纷纷上奏，为白居易说情。

元和十三年（公元818年），白居易被任命为忠州（今四川省忠县）刺史。

虽然忠州也是个偏僻之地，连江州都不如。不过忠州刺史不仅官居四品，而且还是一个州的最高长官，拥有实权，所以白居易还是很高兴的，他马上写信给元稹，告诉了他这个好消息。

与此同时，白居易也收到了元稹的信，元稹在信中告诉他，自己被任命为代理通州刺史了。

白居易和元稹的仕途之路，又出奇一致。

元稹被任命为通州刺史也与唐宪宗的大赦有关。不过，和白居易不同的是，元稹并不在大赦名单之列。

当时，元稹见大赦名单里没有自己，很是着急，上疏给已经是宰相的裴度。元稹初入仕时，从受宠的言官到被贬，很大程度上与裴度有关，裴度很同情他的遭遇，见通州刺史正好去世，就任命他为代理刺史。

当然，让元稹从通州司马变为通州代理刺史，只是裴度的一个策略，“代理刺史”一职就是给元稹的一个跳板。

虽然裴度没有明说，但元稹知道他的良苦用心，而虽然自己只是个“代理”刺史，但对他来说，已是天大的好事，是个机会。

既然是个机会，就一定要抓住。为了不辜负裴度的提携，元稹决定做出一番成就来报答。当然，更为了升迁，以及实现他的政治理想。为此，元稹一上任就督导农业生产，开创和谐吏政，让落后的通州有了很大改观。

这年的年底，政绩颇丰的元稹被调任为虢州（今河南灵宝）长史。

元稹离开通州时，当地官员和百姓都舍不得他离开。最终，在他们的目送下，元稹乘官船离开。

自此，仕途之路就要开启崭新的一页了。元稹看着渐渐远去的通州，在心里说。

召回

虢州长史虽然只是虢州刺史的佐官，但对元稹来说，已经是难得的进步。

元稹在给白居易的信中说："乐天，咱们一定会重回京城的，时机一到，就可东山再起！"

从元稹的信中，白居易知道，那个奋发踔厉的元稹又回来了。白居易知道元稹把未来想得太过美好，但他还是羡慕元稹，能够如此快地重新振作起来。

白居易虽然也没有对仕途完全丧失信心，但他却无法做到像元稹那般乐观。元稹在虢州并没有待多长时间，元和十四年（公元 819 年）初，出任宰相的令狐楚因为欣赏元稹的才华，任命他为膳部员外郎[1]。

元稹的仕途之路，变得明亮起来。可此次，白居易没

1 | 官职名，礼部膳部司次官。

有与他同步。

在忠州任刺史的白居易，正忍受着煎熬，而这煎熬源于语言不通和当地条件太差。

白居易听不懂四川话，且当地经济条件不好，生活很是艰苦，根本就无法和他在江州的生活相比，所以他在给元稹的信中诉苦说：“衣缝纰纇黄丝绢，饭下腥咸白小鱼。”

白居易所穿衣服开线破洞，质量非常差。吃的食物也都是带着腥臭的小咸鱼。堂堂一个忠州刺史都是如此，何况当地的老百姓呢？

白居易表面是在向元稹诉苦，发牢骚，实则更多是对当地老百姓的同情。他下定决心，要在任职期间，尽自己所能，改善当地的经济条件。

想要改善当地条件，就要了解当地的情况。于是，白居易时常穿行于山间地头，大街小巷。有一次，经过忠州龙昌寺时，他突然听到一阵撕心裂肺的哭泣声，顺着哭声找过去，发现一个年轻女子，怀抱一个浑身是血的孩子在号哭，而年轻女子身边，还有一个衣衫褴褛的老人，蹲在地上抽泣不止。

白居易问他们发生什么事了，老人告诉白居易，说他和他的女儿、外孙一起赶路，因为山路陡峭，外孙跌落山崖死了。白居易一听，非常难受，他令人给老人拿来了五两银子，用以安葬外孙。

此事也让白居易意识到，忠州之所以贫穷，很大原因是路况太差，为了改变其贫穷落后的面貌，首先就要建桥修路。可修路需要银两，为了发动更多人捐款，白居易率先拿出了朝廷给他用于修缮寓所、添置家具的千两白银。

当地的豪绅、富贾见此，也都纷纷解囊。

白居易用这些银两和财物，在忠州建好了桥，修好了路。

交通问题解决了，白居易又四处寻找致富之路。他发现当地的土壤和环境很适合种植柑橘，便又跟大家一起研究柑橘的栽培。经过众人的努力，忠州的柑橘因为又大又甜成为了朝廷的贡橘。

就在白居易慢慢适应了忠州的环境，并带领当地百姓慢慢走出贫困时，元和十五年（公元820年）正月，朝廷传来了震惊全国的大事——唐宪宗驾崩了。

对于唐宪宗的死，说法有很多，有人说是因服丹药中毒而亡；还有人说是被宦官王守澄、梁守谦等人谋杀；甚至有人说是吐突承璀想劝唐宪宗废太子李恒，立沣王李恽，于是太子联合宦官王守澄等人率先发难，杀了皇帝。

不管唐宪宗是怎么死的，他死后，继承皇位的是太子李恒，唐穆宗。

一朝天子一朝臣。随着唐宪宗的死，他最信任和宠爱的宦官吐突承璀也被唐穆宗的宠臣梁守谦等人杀了。

白居易在惊愕之余，更觉悲伤。虽然他一直以来仕途不顺，曾数次被贬，但唐宪宗也曾将他从一个九品县尉提拔到了翰林院，他还曾做过他的近臣，任左拾遗参与朝政，甚至有一段时间，唐宪宗还很信任他。因而对于唐宪宗，白居易充满了感激之情，听闻皇上驾崩的消息后，流泪不止。

唐宪宗的死，客观上给了白居易和元稹机会。

唐穆宗喜欢文人，上位后悉数将被唐宪宗贬谪的文人一个又一个地召回到了京城。

白居易和元稹就在被召回之列。

第十五章

罅隙

近臣

元和十五年（公元 820 年）四月，白居易被唐穆宗授刑部司门员外郎，正六品下。

白居易终于回到了朝思暮想的长安。

唐穆宗非常喜欢白居易的诗，对他很敬重。在刑部司门员外郎的位置上，白居易仅仅待了八个月，就在元和十五年（公元 820 年）十二月，又被任命为礼部主客郎中，知制诰，负责审核起草判书、随侍皇上，官居从五品。

白居易再次成为了皇上的近臣，虽然天子变了，但他进入到了权力的中心。此时的白居易已经四十九岁了。

几个月后，长庆元年（公元 821 年），白居易再次升职，加朝散大夫，上柱国，开始穿绯色朝服。只有五品以上的官员，才有资格穿由细绫制成的绯色朝服。而穿绯色朝服，是白居易未入仕时便渴望的事。

“穿绯色朝服的愿望，总算实现了，可阿父阿娘却已经看不到了。”白居易穿上绯色朝服那天，既激动又遗憾。

除了官越来越大，白居易还得了一笔赏钱。这笔赏钱也改变了他一直以来拮据的生活，改变了他想要退隐庐山草堂的想法。

白居易决定在京城长安购置一处宅子。选来选去，他选在了长安朱雀门大街东第五街的新昌坊，这也是白居易在长安买的第一处房子。

新昌坊所处位置并不是京城最繁华的地带，位置很偏僻，但对白居易来说，已经非常不错了。在京城，他终于有了自己的房子。

和白居易一样，元稹也是连续升职。

唐穆宗刚一继位，元稹就被任命为山陵使判官，掌管唐宪宗的丧葬之事，接着在三个多月后，被授为了祠部郎中，知制诰，穿绯衣，佩鱼符袋。

元稹比白居易小七岁，和白居易在同一年穿上了绯衣。在白居易加朝散大夫的时候，元稹又被任为中书舍人，入翰林院。

此时，四十二岁的元稹，离宰相一职仅一步之遥。

当上宰相，是元稹和白居易初入仕时最大的梦想，也是终极目标。

然而，在仕途中，他们屡遭打击，这也让他们曾一度以为，宰相位于他们而言只能是南柯一梦。谁知，这梦一下子就近在元稹的眼前了。

元稹所有的时间，所有的心思，都用在了如何获得触手可及的宰相位上。因而，虽然他和白居易同在京城，但很少见面。甚至虽然白居易是主客郎中，知制诰时，他是祠部郎中，知制诰，同属礼部，也都是知制诰，算是再次共事，但他们依然很少见面，即便在朝中相遇，也只是匆匆打声招呼。

分处两地时，他们日夜期待重逢、共事，可当这一天终于到来后，他们反倒没有了分处两地时联系频繁。

这一天，元稹等待太久了，等不及了。何况，这也是他离宰相位最近的一次，他必须一鼓作气，尽快实现这个目标，以免夜长梦多。

元稹将全部重心，放在了仕途上，他想等他当上宰相，实现了政治梦想后，再帮白居易也实现政治梦想——两个人同为宰相。

这些，元稹没有告诉白居易，除了他想实现后再说外，还觉得他和白居易什么都不需要说。他不知道，白居易在内心上，已经开始有些疏远他了，而疏远的原因，是白居易觉得，他们之间出现了罅隙。

距离

曾经亲密无间，千里神交的朋友；曾经在人生最低谷还书信、酬和不断的两人，在他们仕途好转，都穿上了梦寐以求的绯色朝服后，渐行渐远。

白居易与元稹刻意保持距离，是他发现，元稹变了。这个变，并不仅仅是元稹和他见面少了，还因为元稹与宦官走得越来越近。

元稹能够重回京城，是唐穆宗的原因，但真正让他进入权力中心的，和他曾在江陵府任职时结交的宦官崔潭峻不无关系。

唐穆宗上位后，随着吐突承璀的被杀，崔潭峻也被调回到了内廷，任左枢密使，是宦官集团的三号人物。

唐穆宗很信任崔潭峻，崔潭峻又一直欣赏元稹的才华，所以他时常在唐穆宗的面前推荐元稹。

崔潭峻不遗余力地帮助元稹，拿元稹的诗稿给唐穆宗看。

“大家，奴才曾和那元郎打过交道，此人不仅诗写得好，在朝廷大事也颇有见地！”崔潭峻希望唐穆宗召见元稹，面对面聊。

崔潭峻知道元稹的优势，思维敏捷，见地深刻，谈起国政来很有说服力。因而只要给了元稹和唐穆宗面谈的机会，他就一定能抓住。果然，在崔潭峻的不断推荐下，唐穆宗召见了元稹。

元稹知道这是一次非常难得的机会，他必须紧紧抓住，因而做足了准备，这个准备还包括对唐穆宗性情的了解。

君臣相谈甚欢，当天，唐穆宗就任元稹为祠部郎中，知制诰，之后，又任他为翰林院承旨学士（翰林院首席学士）。

元稹官运亨通，白居易很为他高兴。在白居易的心里，以元稹的才华和能力，早该进入权力中心了。但后来，他无意中听到朝臣们私下议论，说元稹能够一跃进入权力中心，都是因为宦官崔潭峻。

“一个曾被宦官打得浑身是伤，衣衫不整的人，竟然攀附宦官升官发财，这样的人，我羞于为伍。”一个朝臣忿忿道。

白居易初听，大吃一惊。虽然他很早就知道，元稹在江陵时曾得到了崔潭峻的关照。可他一直觉得元稹回到长安后，为了避嫌，也会尽量避免和崔潭峻走得太近，毕竟文人集团和宦官集团是对立的。

白居易想要提醒元稹，去元稹家里找他，他却不在。白居易让元稹的家仆告诉元稹，说他来过了，意思是让元稹回来后去找他。结果，白居易回去后，左等右等元稹都不来。

那时候，白居易心里虽然有些失望，可又一想，仕途一度跌入深渊的元稹好不容易爬了上来，回到京城后必然会联络各方关系，也就没有太在意。可随着他听到越来越多朝臣间的“私话”，他开始觉得，元稹已经不是以前的元稹了，他们之间的感情，也已经不再像以前了。

以前，他们无话不谈，即便是最不愿为人知的隐私都会告诉对方，可现在元稹不仅很少和他见面，甚至连他成为皇上的宠臣，是因为崔潭峻的帮助都不说。

元稹如果说了，白居易想，他也是能够理解的。

“既然你已经不再愿意与我分享内心所想，或者你已经不再需要我，那么我还是离你远一点吧！”白居易想。

宰相

人对一件事产生执念的时候，不知不觉就会忽略很多事情。

白居易对元稹的疏远，元稹没有意识到，或者说意识到，但没有放在心上，因为在他心里，不管他做什么白居易都是能够理解的。他们是知己，他们“肺腑都无隔”。当然，他也没有时间去解释，他的心里只剩一件事了——当上宰相。

元稹像抓救命稻草般，要抓住这个离宰相之位最近的机会。

元稹已经是中书舍人，翰林院首席学士，那一步之遥的宰相位，又要如何获得呢？

当时实行的是宰相集中制，名额固定。元稹如果想要当上宰相，就必须取代一人，可取代谁好呢？元稹左思右想之后，将目光看向了裴度。

元稹和裴度之间，可谓缘分极深。元稹和白居易考“书判拔萃科”时，曾得到裴度儿子裴垍的指点；元稹任左拾遗时，又因为旗帜鲜明地支持裴度而得罪了宰相杜佑，被贬河南；元稹丁忧结束，当时任中书侍郎的裴度的儿子裴垍又提拔他当上了监察御史；元稹在被贬通州任司马后，重回相位的裴度又任他为通州代理刺史……

成为通州代理刺史后，元稹才一步步地走到了翰林院首席学士这一步。由此可见，裴度对元稹的恩情不小。

元稹何曾不知道这些？曾经，他还一度视裴度的儿子裴垍为他在朝中的靠山。从感情上来说，元稹是无论如何都不该去谋裴度的相位的，可对相位极度的渴望，让他什么都顾不上了。

元稹盯上裴度的宰相位，是裴度此时正好有个可攻击的点。

成德（今河北省正定县）军大将王庭凑，由于杀死了成德节度使田弘正，正举兵叛乱，而裴度不仅任宰相，还是河东节度使。他集结河北、河南诸道兵马，正准备讨伐王庭凑。

对于讨伐王庭凑，朝臣们意见不统一，唐穆宗对此也是不置可否。元稹觉得这是个机会，于是他以裴度准备不足，不宜开战为由，予以反对。不仅如此，元稹还上疏说，在准备不充足的情况下，与其攻打王庭凑，倒不如赦免他，并授予其节度使的旌节，如若不然，恐会威胁到朝廷的安全。

元稹此时正得唐穆宗的宠信，且唐穆宗一看到那句“恐威胁到朝廷安全”就有些怕了，于是采纳了他的建议，同时罢免了裴度的宰相和河东节度使等职务，派他去洛阳任东都留守。

裴度哪里会想到元稹会给他使绊子，一气之下，他弹劾元稹，称他勾结宦官，谋乱朝政。裴度不会想到，朝他背后捅刀子的，会是元稹。白居易也没想到，因为裴度是白居易和元稹的恩人。

气愤的白居易在裴度被罢相后，直接向唐穆宗上疏《谏请不用奸臣表》，斥元稹为奸臣，还说他素来与元稹交好，是自己看走眼了，如今要和他断交。

白居易向唐穆宗的上疏出乎元稹的意料，但他却还是没有在意，依他对白居易的了解，白居易当然会这么做，毕竟自己的手段不正。

不过，元稹没有去和白居易解释，更没有争辩。他想，他如今所做的一切，白居易以后一定会理解，而他对裴度的愧疚，以后若有了机会，他也一定会尽量去弥补的。

白居易的上疏虽然言辞激烈，但唐穆宗并没有任何反应，这也让白居易对元稹更加不满，更加疏远。

裴度的宰相位空了下来，元稹在崔潭峻等宦官的支持下，当上了宰相。

元稹虽然实现了他的宰相梦，但这个宰相位来得不光彩，不仅是踩着裴度上位，还靠攀附宦官集团。

文人集团视元稹为最无耻，也最无道德之人。

坠落

朝廷的文人集团与宦官集团一直是死对头，可如今文人集团的元稹却与宦官集团勾结，这让他们对元稹充满了鄙视，觉得他丢了文人的风骨和气节，嘲笑他无操守，人品差。

白居易虽然也疏远元稹，但文人集团对元稹的责骂和嘲笑，还是让他很不舒服，既为元稹难过，也生元稹的气。

文人集团对元稹的态度，元稹心里很清楚，可他想，只要他做出成绩，便能证明自己，他要证明给所有人看，他不仅有当宰相的能力，而且比裴度更优秀。

可很多事情，并不是你想怎样就能怎样的。

唐穆宗听从元稹建议，授予王庭凑成德节度使后，王庭凑不仅没有收敛，反而得寸进尺，为了得到更多，他率兵围困了深州（今河北衡水），并将深州刺史牛元翼囚禁了起来。

朝廷一片哗然，元稹暗叫不好，为了立功，他决定刺杀王庭凑。

为了这次刺杀行动，元稹通过一个朋友找来了两位武功高强的江湖游侠，准备让他们悄悄潜入成德军的军营，先救出牛元翼，然后再逼王庭凑罢兵，最后杀了王庭凑。

元稹觉得自己的这个计划很缜密，成功的可能性也很大，为了两位游侠行动方便，也为了不让别人妨碍这次行动，他没有与其他宰相商议，而是擅自作主，书写了二十份盖着吏部和兵部大印的告身（空白任命文件），交给两位游侠。

元稹不曾想到，他所做的这一切，会被别有用心的人盯上。

盯上元稹的是一直觊觎相位的兵部尚书李逢吉。

李逢吉在元稹还没有坐上宰相位时，就想当宰相，无奈被元稹捷足先登，李逢吉很是嫉妒。见朝中文官都瞧不起元稹，觉得是个机会，为了能够挤走元稹，取代他当上宰相，他买通了元稹身边的人。

元稹将二十份空白任用文件，交给两位游侠的事被李逢吉知道了。他冷笑道："天助我也！"

李逢吉借此诬告元稹，称他找刺客刺杀裴度。

唐穆宗虽然信任元稹，却也没想到他会这么狠，震惊之余，下令彻查。

当然，结果是元稹并没有找刺客杀裴度，但元稹伪造朝廷告身却确有其事。此罪名不小，即便唐穆宗依然欣赏元稹的才华，想要重用他，也知道他不适合做宰相了。于是，唐穆宗将他的相位免去，改他任同州（今陕西大荔）刺史。

元稹六个多月的宰相生涯就这样结束了。

站得越高，摔得越重。过了六个多月高官厚禄生活，独自前往同州赴任的元稹觉得心里空落落的。

他的身旁，已经没有了白居易。

元稹在被改任同州刺史后，曾去过白居易家几次，但都没有见到他。

从宰相位上下来后，元稹首先想到的就是白居易，自己已经很久没有和白居易吟诗喝酒，谈天说地了。再一回想，在朝中见到白居易时，白居易也一脸冷漠，甚至连眼神都带着不屑。

“因为裴度的事，乐天不原谅我了！”重回低处后，元稹意识到，荣华富贵如同过眼烟云，怎么都比不上有白居易这个知己。

失去什么，都不能失去白居易这个知己！明白这点后，一到同州，元稹就一封又一封地给白居易写信，请求他的原谅，他在信中写：“唯应鲍叔犹怜我，自保曾参不杀人。”说自己虽然做事有时候有些不光明磊落，但从来没有做过什么违背道义和良心的事。

在信中，元稹又解释了他为何会攀附宦官集团，称他只是为了实现他和白居易在华阳观时曾说的政治理想；而他伪造朝廷告身，也只是为了救出牛元翼，杀了王庭凑，虽然做法不对，但初衷是好的。对于裴度，元稹还说，他当时确实觉得裴度的“讨伐王庭凑”不妥。

最后，元稹又说，自己如今处境凄凉，谁都可以不理解他，白居易不能不理解他；谁都可以鄙视他，白居易不能。

“乐天，还记得我赠你的那首诗吗？‘不是眼前无外物，不关心事不经心’，纵然身边再有其他人，都无法牵动我的心，能牵动我心的，只有你啊！”

白居易看到这里的时候，想起了他们“等闲相见销长日，也有闲时更学琴”的日子，对元稹的气也就消了一半。

就在白居易犹豫，要不要原谅元稹时，元稹的信又来了。在信中他说：“乐天，如果你都远离我，那我活着还有什么意思呢？”

白居易叹口气，他想，元稹之前的做法，确实有错，可那也是坎坷的仕途经历造成的，面对高位、利益，他只是有些不顾一切，急功近利罢了……如今他也付出代价了。

白居易又想起之前自己身处困境时元稹对他的鼓励和慰藉，便原谅了元稹。于是，给他回了一封鼓励和安慰的信，称人生变故犹如水流，放平心态，一切还有机会。

第十六章

越抗唱和

党争

元稹被贬同州后并不甘心，他知道唐穆宗依然欣赏他，于是屡屡上疏表忠心，称自己在王庭凑一事上做法确实欠妥，辜负了皇上的信任，但出发点是好的，都是为了朝廷，为了皇上。

元稹的上疏如泥牛入海，他慢慢陷入到了绝望中，或许再无机会听“钟鼓之音”了。

元稹从宰相位到被贬同州，让白居易有种做梦的感觉。

白居易知道，元稹仕途之路的跌宕，究其原因，是他深陷牛李党之争。而自己入仕以来的沉沉浮浮，也和被无辜卷入牛李党之争有关。

“牛李党之争”开始于唐宪宗时期。当时，朝廷考试选拔人才，时为举人的牛僧孺和李宗闵在考卷中批评朝政，赢得了考官的欣赏，考官将他们推荐给了唐宪宗。就在唐宪宗准备重用这二人时，宰相李吉甫却觉得这二人那所谓的批评朝政是在针对自己，因而对考官生出恨意，他诬告考官，称他与牛僧孺和李宗闵有私人关系。

唐宪宗并未对此事做调查，就直接将考官降职，也没有再提拔牛僧孺和李宗闵。

此事引起了朝野上下的议论，他们纷纷上奏，谴责李吉甫。唐宪宗没有想到事态会发展成这样，为了息事宁人，罢了李吉甫的相，提拔了牛僧孺和李宗闵。

牛僧孺、李宗闵等人的支持者与李吉甫的支持者就此结了怨，朝廷自此分成两派。一派就是以牛僧孺、李宗闵为代表的“牛党”；另一派则是以李吉甫为代表的“李党”。

白居易和元稹感情虽好，但他们一个属牛党，另一个属李党。

白居易属“牛党”，而元稹属于“李党”。

刚开始的时候，白居易和元稹都只是被动地成为了“牛党”和“李党”，并没有直接参与到“牛李党之争”中。“牛李党之争”对他们的影响虽有，但并不大。不过，到了唐穆宗时期，情况发生了改变。

当时，进士科考时，“牛党”李宗闵、钱徽等人为考官，

“李党”宰相段文昌和翰林学士李绅就以他们徇私舞弊为由上奏唐穆宗。同为翰林学士的还有李吉甫的儿子李隆裕和元稹。

李隆裕作为“李党”代表人物，自然支持段文昌和李绅的说法，元稹同为翰林学士，不得不“坚定”地站在李隆裕的一边，也支持段文昌和李绅。

最终，牛党的钱徽和李宗闵被贬，而元稹经过此事，也就成了“李党”代表性人物之一，深陷牛李党之争泥潭。被贬的钱徽和李宗闵，一个是白居易在翰林院时的同事，另一个是他的学生，白居易在政治上也就与“牛党”紧紧地捆绑在了一起。

元稹再次被贬同州，明着是他攀附宦官，暗地里，也有牛李党之争的影响。

白居易和元稹深知这一切，但元稹那时已经无力挣脱。

眼见“牛李党之争”进入白热化，朝臣之间的明争暗斗，也早已让白居易筋疲力尽，厌倦至极。牛党的钱徽和李宗闵以及李党的元稹先后被贬的事，加剧了白居易对仕途的失望。

他担心自己最后也会像元稹一样，深陷牛李党之争中不能自拔，迷失自我，于是决定主动远离是非之地。

既然无法兼济天下，那就独善其身好了。白居易向唐穆宗提出，他要出任外州刺史。

唱和

长庆二年（公元822年），白居易被任命为杭州刺史。

“乐天，你又何必如此呢？”得知白居易主动要求出任外州刺史，元稹写信问他，“重回权力中心，才有机会实现你的政治理想啊，这可是你经历了无数波折才获得的机会，怎么能主动放弃呢？”

“党派之争如此激烈，我又如何能够做到不受影响？”白居易给元稹回信说，“与其这样，倒不如远离朝廷的是是非非！何况，在这种情况下，又如何能够实现政治理想？”

白居易这次是心甘情愿地离开京城，心情也就和之前被贬完全不同，甚至有种逃离危险之地的庆幸。

远离了朝堂的喧嚣和杂乱，白居易犹如鱼儿跃入深海，自由而舒畅。

当然，白居易的心情能够如此愉悦，不仅因为杭州富饶，还因为这里是上州，上州刺史属于三品高官。因此，白居易将去杭州上任看作了一场旅行，一路上写了不少诗歌。

甚觉太守尊，亦谙鱼酒美。

因生江海兴，每羡沧浪水。

尚拟拂衣行，况今兼禄仕。[1]

杭州对白居易来说并不陌生。二十岁那年，他的父亲白季庚去世，他去江南谋生时，就曾去过杭州，当时杭州给他留下了很深的印象：繁华、富饶。

“策马度蓝溪，胜游从此始”。白居易七月从长安出发，一路游玩、写诗。三个月后，总算到了杭州。

白居易正式上任几个月后，长庆三年（公元823年），元稹调任浙东观察使兼越州（今浙江省绍兴市）刺史，而此时，苏州刺史正好又是与白居易、元稹都相熟的小说家

1 | 唐·白居易《长庆二年七月自中书舍人出守杭州，路次蓝溪作》。

李复言。

杭州、越州和苏州都不远，白居易、元稹和李复言也就有了聚在一起，吟诗唱酬的机会。

有一次，元稹来杭州看望白居易，两个人把酒言欢三日有余，临别时，元稹依依不舍道：

莫言邻境易经过，彼此分符欲奈何。

垂老相逢渐难别，白头期限各无多。[1]

虽然白居易和元稹任职所在地的距离不远，但毕竟他们有公务缠身，并不能时常聚在一起。不能见面时，他们就借助两地传送公务的邮吏之手，帮他们传递诗文。

两个人的诗文往来越来越频繁，“书札每来同笑语，篇章时到借光辉”。

有一日，白居易将写好的诗交给邮吏时，发现外面正下雨。他想起有次元稹给他邮递的信，因为下雨字迹模糊，

1 | 唐·元稹《赠乐天》。

便突发奇想，将诗装在了一个竹筒里，让邮吏送去。

这种传递方式的好处很多，既可避免遗失，也可避免下雨天淋湿。元稹在接到竹筒后，高兴地给白居易回信说：“乐天！你这个方法太好了，有了这个诗筒，下再大的雨都不怕。”

此后，“诗筒”经邮吏的手，穿行在了杭、越、苏三地之间。这段时间，也成了白居易与元稹诗唱酬和最频繁的时候。

杭州

在杭州这座旖旎的城市，白居易的生活轻松多彩起来。访僧问茶，踏青寻芳，与好友吟诗酬和……钱塘江的美，杭州的秀丽，都在白居易的笔下被勾勒了出来，共留下二百多首诗词。

虽然醉心于美景，但白居易也没忘了“出仕为官，重在救世济民”，身为杭州刺史的他深入田间地头，倾听老百姓的声音。

白居易刚到杭州时，有次问百姓，杭州之祸最大是什么？百姓说是钱塘江。

白居易初听大吃一惊，再问才知，钱塘江的水，每到大旱之年，就因水浅而无法灌溉农田，致使周围庄稼因干旱而死，而每到大雨之年，又因为涨水，致使周围农田被淹死。

白居易决定解决这个杭州大患，他下令筑湖堤蓄水。

这样，大旱之时，便可用蓄水灌溉，暴雨之时，又可以开闸泄水。

除此而外，白居易还令匠人引湖水入城，以解决百姓的吃水问题。为了切实有效地实施“引湖水入城”的项目，他还经常亲自到现场指导。

庄稼灌溉、百姓用水解决后，为了便利苏州水利交通，白居易又下令开凿了长达七里的山塘河（又叫七里山塘），以此解决杭州百姓的出行问题。

白居易切切实实地为杭州百姓解决实际问题，百姓对他也是感恩戴德，称他是难得的清官，这让白居易感受到了入仕以来最大的成就感。

“微之，一心为民，真心实意为百姓解决问题，才是为官之道啊！”有一次，白居易写信给元稹说。

白居易对钱塘江有着深厚的感情。这感情，既来自于他对钱塘江的治理，也来自于他诗人的浪漫特质。

白居易一有时间，就会漫步在钱塘江湖畔，这也让他留下了一首有名的诗：

孤山寺北贾亭西，水面初平云脚低。

几处早莺争暖树，谁家新燕啄春泥。

乱花渐欲迷人眼，浅草才能没马蹄。

最爱湖东行不足，绿杨阴里白沙堤。[1]

虽然对杭州充满了感情，但任期满后，白居易即使感慨“未能抛得杭州去，一半勾留是此湖”，也不得不离开。

长庆四年（公元824年）五月，白居易被授予了太子左庶子。

白居易在杭州任刺史时，俸禄为八十贯，除了应付日常开支，他都节约了下来。离任时，他将节约下来的俸禄全都拿出来，用于维修水利和救赈灾荒。

如此心系苍生，充满仁爱之心的刺史就要离开了，杭州万千百姓很是不舍，他们自发送行，黄发垂髫，箪食壶浆，盛况空前。

---

1 | 唐·白居易《钱塘湖春行》。

杭州百姓不舍，元稹更是不舍。

白居易离开杭州时，元稹也就成为了万千送行者中的一员。

禅师

元稹不知道，白居易离开杭州后，他们何时才有机会再见。

白居易想的却是另一件事。不过这件事，他一直犹豫着，要不要和元稹说。

元稹看出了白居易的欲言又止，请他但说无妨。

白居易说："微之，你听说过圆修禅师吗？"

白居易写给元稹的信中曾屡次提到过圆修禅师，元稹怎么可能不知？

白居易说："我之前在信中虽给你提过圆修禅师，但却没有告诉你，我和他第一次见面时的情景。"

"那行事作派怪异的得道高僧，第一次见你，和你说什么了？"元稹笑着问。

圆修是杭州凤林寺的高僧，道行很深。不过，圆修和其他僧人不一样，他不住寺院，而是住在寺院外一棵高大的松树上，像鸟儿一样生活。

杭州历任刺史，刚一上任都会去拜见圆修，不仅因为他是高僧，还因为都想说服他到树下生活。毕竟在树上生活太危险，一旦睡着了掉下来怎么办？即便不会掉下来，一个得道高僧住在树上，传出去了，对杭州刺史不好，有不尊贤者之嫌。

然而，没有一个刺史能够说服他。

白居易来杭州后，也去劝圆修从树上下来，对他说树上很危险，只要他下来，就拿银两给圆修重建寺院。圆修一听，微笑着对白居易说："贫僧的处境，哪里有白刺史的处境危险呢？"

白居易一听，愣住了，半晌才问："禅师何出此言？"

圆修说："薪火不停，识性交攻，安得不危？"

圆修这句话的意思是，白居易是朝官，朝官之间尔虞我诈，白居易怎么可能不危险？白居易大惊，他这次主动提出到外州任职，不就是为了远离朝廷的尔虞我诈吗？

果然是得道高僧。白居易急忙下跪拜师，并问圆修，如何才能脱离险境。圆修说："众善奉行，自净其意。"

意思是说，危险由心而生，只要坚持善行，保持心干净，并坚如磐石，就没有危险。

白居易深受触动，之后，他又多次与圆修禅师来往，只为聆听他的开示。

白居易讲完后，定定地看着元稹。元稹先是若有所思，随后又笑着说："好了，乐天，我知道你的意思了，时间到了，快上船吧！"

白居易走出两步，又回头说："对了，前几日，我又去拜见圆修禅师，告诉他我要离开杭州。临走时，他赠送我了一首诗，我现在赠送给你。"

白居易说着，从怀里拿出一张纸，上面写着：

来时无迹去无踪，去与来时事一同。

何须更问浮生事，只此浮生是梦中。

元稹拿着诗，念了几遍后，揣在了怀里。

白居易上船后，元稹突然又大声说："乐天，回去后把你所写的诗，全都让人给我送过来。"

不等白居易说话，元稹又说：“别丢了，我帮你整理成集子。”

白居易没有说感激的话，他知道这也是元稹排遣寂寞的方式。

之后，白居易将自己的诗悉数交给了元稹，并由元稹替他整理出了一本《白氏长庆集》，共计五十卷。

第十七章 履道里道别

少年

白居易从杭州离开后，先去了曾经生活过的徐州符离。

去符离，是因为他的心里还念着湘灵。当他来到湘灵家门前时，才发现湘灵家的房子，因为长久无人居住，变得破败不堪。

白居易久久地站在湘灵家长满杂草的屋前，他的眼前再次浮现出湘灵那动人的眼睛，耳边又响起了湘灵那银铃般的笑声。

“湘灵，你在哪儿？过得还好吗？”白居易喃喃一句，眼泪夺眶而出。

有个村民路过，见白居易用衣袖抹泪，好奇地问他找谁。白居易指了指湘灵家。村民问他是湘灵家的什么人，白居易说故人。

村民说：“别找了，说不定早死了，躲战乱的活的少，死的多！”

前些年，夹在淄青和淮西两大藩镇之间的徐州战乱不止。湘灵或许真像这位村民所说，已经在战乱中罹难，或许流落他乡。

“唉！我终究还是辜负了你！”白居易的心里，有着说不出的怅惘和悲伤。

本来想在符离多待几天，把记忆中的地方都走一遍，可湘灵的不知所终，让白居易既愧疚又难过，也就匆匆离开了。之后，他又去了洛阳。

洛阳的河南尹王起是白居易在翰林院时的同事，见到白居易后很高兴，热情接待了他。酒足饭饱之后，他们谈起了时政，免不了一阵感慨。此时，在位的已经是唐敬宗李湛了。

长庆四年（公元824年），纵情声色的唐穆宗英年早逝，太子继位，为唐敬宗。王起说，唐敬宗声色犬马，更甚于父亲唐穆宗，整日不理朝政，让朝臣很失望。

唐穆宗时期，宦官专权、党派之争泛滥，已经让白居易失望透顶，主动提出外出任职，如今在位的皇上更加昏庸无能，自己回去又有什么意义呢？

白居易犹豫起来，并想起了圆修禅师说的那句“薪火不停，识性交攻，安得不危”。是啊，自己又何必主动跳进泥坑呢？

白居易连京城都不想回了，他写信给在任的宰相牛僧孺，希望能留任洛阳。

洛阳设有东都留守司下辖的类似于长安的中央机构。在东都分司，除了尚书省、御史公外，其他的机构均属闲职。可见，白居易此时情愿任闲职，也不愿意再回朝廷趟浑水。

白居易实际上对仕途已没有了兴趣，他想，如果不能留在洛阳，那就找个借口退仕，然后过隐居生活，庐山还有一个犹如仙景般的草堂在等着他。

让白居易没有想到的是，宰相牛僧孺接到他的信后，虽然觉得他的做法欠妥，却因为一直都敬重他，同意了。

诏书下来后，白居易就在洛阳的履道里购置了一处宅子。

这处宅子比白居易在长安新昌坊购置的那处房子还要宽敞豪华很多，“穿篱绕舍碧逶迤，十亩闲居半是池”“霜竹百千竿，烟波六七亩”。白居易对这处宅子非常满意。

此时的白居易已经五十三岁了。

然而，虽然在洛阳的履道里，白居易过着远离政治中心的生活，但偶尔想起自己和元稹等人发起的“新乐府运动”，以及他未能实现的政治理想，还是有些失落，内心对仕途还有渴望。

因而，在洛阳履道里的豪华宅子里过着半隐居生活的白居易，开始关注长安的情况。

白居易从京城一些朋友那里得知，唐敬宗虽然昏庸、荒淫，但在位的宰相牛僧孺、李程和窦易直等人却很正直，且掌权的宦官王守澄、梁首谦等人也不像吐突承璀般嚣张跋扈，于是就想再为朝廷做些事情。

白居易上疏宰相李程和李逢吉，希望他们能够重新安置他。

宝历元年（公元825年）三月，白居易被任命为苏州刺史。

抽身

白居易前往苏州任职时，依然任浙东观察使兼越州刺史的元稹，正命浙东七州筑陂塘，兴修水利，发展农业。

元稹受到了白居易在杭州修水利便民的启发，希望能取得政绩，重返京城。

和白居易的越来越钟情佛法，对朝政之事越来越不感兴趣不同，元稹对仕途依然保持着极大的兴趣，他时刻想要翻身。

元稹之所以这样，除了有着"救民济世"的愿景外，还因为他短短的六个月宰相生涯。

六个月的宰相生涯对元稹来说，既是他人生的高光时刻，也是他的耻辱。他忘不掉文人集团对他的轻蔑，也一直都想重新证明自己。

白居易是懂他的，知道他的想法，所以才会在离开杭州时，将圆修禅师的那首诗送给他。希望他能放下执念。

元稹知道白居易的好意，只是他放不下。

“一旦我实现了愿望，我一定会和你一样，过隐居山水之间的生活。”元稹在白居易离开杭州后，给白居易写信说，“只是现在不行。”

元稹没有想到，他还没有重回京城，白居易就又回到了江南，任苏州刺史了。

白居易不愿意回京，主动提出任太子左庶子分司东都，留洛阳的做法，元稹既理解，又为他惋惜。他想，如果自己有重回京城任太子左庶子这样的机会，他一定会牢牢抓住的，他要想尽千方百计成为太子的亲信，然后找机会重新当上宰相。

就在他为白居易留东都洛阳惋惜的时候，他又收到了白居易的信，说他在去苏州任职的路上。

“乐天啊乐天！你让我说你什么好呢？”元稹想。

当然，白居易任苏州刺史，元稹还是很高兴的，毕竟两个人又能时常相聚，诗唱酬和了。于是，他写信给白居易说：“虽然你的这个决定我不是很认同，但你能再来这边，我还是非常高兴的。等你到了苏州，我约浙西李大夫，咱们一起好好聚聚。”

元稹的这封信，白居易看了先有一丝不快，接着叹气想，还真难他了，如此为自己着想。

白居易的不快，不是针对元稹，而是针对元稹所说的浙西李大夫。

浙西李大夫是李德裕，而李德裕又是牛李党之争中李党的领袖，此时正任浙西观察使，而苏州又属于浙西道管辖。

白居易虽然不是牛李党之争的中心人物，但他毕竟在政治利益上属于牛党，因而如何与李德裕相处，也就成了他任苏州刺史时必须面对的问题。

白居易来苏州前已经想过这个问题了，不过他又想，自己虽属牛党，却又不是牛党的主要人员。自己虽然曾与李德裕有过矛盾，却也不尖锐，想必李德裕不会就此太跟自己过不去。从感情上来说，白居易是不想和李德裕有过多接触的，他只想维持一个面子上的和平。

可元稹在得知白居易来苏州任刺史时，首先想到的就是他如何与李德裕相处，因而决定充当他和李德裕之间的桥梁。

白居易虽然不愿意和李德裕在一起饮酒，却也明白元稹的良苦用心，勉强接受。

那天，参加聚会的除了李德裕、元稹外，还有和州刺史刘禹锡。刘禹锡也属于李党。不过，虽然有李党的朋友在场，白居易面对李德裕的时候还是有些尴尬。好在对于李德裕来说，白居易并非是敌人，最多不是自己人，再加上元稹和刘禹锡在中间调和，与白居易的关系也是既不热络，也不敌对。

相聚的目的达到了，白居易和李德裕心照不宣地维持着表面和平，互不为难对方。

之后，白居易忙起了他的工作，他希望自己在苏州的任期也能像在杭州一样，为苏州老百姓解决一些实际问题，积累一些政治资本。

然而计划赶不上变化，宝历二年（公元826年）五月，白居易在骑马视察苏州外郭城防的时候，不小心从马上摔了下来，导致腿和腰部受了伤，再加上之前长期饮酒导致的肝病，健康问题日益严重。

在忍受了一段时间的病痛后，白居易上疏朝廷，结束了一年多的苏州刺史生活。

白居易在苏州的政绩，虽然不如在杭州时突出，但他为民生做的努力还是让百姓对他依依不舍。白居易离开苏州那天，送他的百姓丝毫不比杭州少，他们扶老携幼，将白居易送了一程又一程，而且哭声震天。对此，刘禹锡曾用“苏州十万户，尽作婴儿啼”来形容。

淡泊

宝历二年（公元826年）十二月，唐敬宗在外游猎的时候，被宦官刘克明等人所杀。之后，刘克明等人又拥唐敬宗的弟弟——江王李涵（后改名李昂）继位，为唐文宗。

得知这个消息时，白居易和刘禹锡正在楚州（今江苏淮安）游玩。

白居易离开苏州后，准备先回洛阳，再回京城。恰好刘禹锡又奉旨调回东都尚书省，两个人在杭州相遇后，决定结伴同行。经过楚州时，他们想停留几天，游玩一番。不料游玩期间，他们就听到了唐敬宗被宦官杀害，新皇上位的消息。

白居易和刘禹锡震惊不已，急忙赶往洛阳探听情况。

等他们到达洛阳，已经是宝历三年（公元827年）元月了。原本担心的混乱并没有出现，相反，唐文宗心怀振兴之志，起用了裴度、崔群等名士，政治反而比唐穆宗和唐敬宗时期更清明。

白居易和刘禹锡长长地松了口气。

白居易与裴度、崔群的关系都不错，且因为裴度被贬的事，白居易还曾写了封言辞激烈的奏书，要与元稹绝交，所以刘禹锡笑着说："白刺史，看来你不用急着隐居了，还能有所作为。"

白居易虽然说时局变化之大，谁又能说得清，但心里还是高兴的。

果然，大和元年（公元827年）三月，白居易收到诏书，任秘书监，从三品，赐紫金鱼袋。

秘书监负责整理各种文件、档案和图籍，事情虽然琐碎，看似也是闲职，但因为掌握保密档案，因而地位很高。不过，这个职位对于白居易来说并非他想要的，在这里参与朝政事务的机会并不多。

白居易在秘书监这个职位上并没有待多长时间，大和二年（公元828年），白居易又转刑部侍郎，封晋阳县男。

此时的白居易，可谓有权、有地位、有钱。然而，他却不再有初入仕时"达济天下"的想法，官场风气和他的身体情况让他心灰意冷，他只想独善其身。

大和三年（公元 829 年），白居易因为身体状况越来越差，改授太子宾客分司，回到了洛阳履道里。

白居易的职务在不断地变动，官越做越大，俸禄也越来越多，但元稹还在任浙东观察使，兼越州刺史。

元稹非常羡慕白居易，希望自己还有机会回京城，证明自己。可他又知道，这种可能性很小，因为如今朝廷身处高位的裴度是他曾经算计过的，崔群也因为怀疑他的人品，并不待见他……

就算希望渺茫，元稹也想争取一下。元稹知道，裴度、崔群和白居易私交甚好，于是在给白居易的书信中，屡屡说起自己的政治抱负，希望还有机会重回京城。

元稹虽然没有直接让白居易帮他求情，但白居易知道他的想法后，也想助他一臂之力。于是，也就默默为元稹斡旋。

幸好，宰相王播对元稹的才华很认可，在他的推荐下，终于在大和三年（公元 829 年）九月，元稹被授尚书左丞，正四品。

珍重

尚书左丞这个职位超出了元稹的期待，接到朝廷的诏书后，元稹激动不已，匆匆与浙东官员告别，带着胜利的喜悦，快马加鞭地往长安赶。

然而，这种兴奋并没有维持多长时间，回京城的路上，元稹不知道为什么，心里有种说不清，道不明的悲伤，这种悲伤甚至还夹杂着隐隐的不安。

“为什么会有这种感觉？”元稹百思不得其解，“我不是一直期待这一天吗？”

元稹越想越想不明白，内心不安的加剧，让他半道改变了路线，去了洛阳，他要见白居易。

元稹赶往洛阳时，白居易也已经知道了元稹被授予尚书左丞的事，他正准备写信祝贺他，元稹却已经出现在了他的宅院里。

见到元稹的那刻，白居易先是一怔，接着一喜道：“微之！你不应该是在赶往京城的路上吗？怎么倒来这里了？就是来，也应该提前告诉我一声啊！”

元稹没有笑，他的表情很严肃：“不知为何，在赶往京城的路上，我突然很想见你！”

白居易收起了笑容，他感受到了元稹的不安，也察觉出元稹面色不好。

“发生什么事了吗？微之！”

元稹摇了摇头。

“回京、升职，不正是你一直期待的吗？”白居易说，“为何你看起来忧心忡忡？”

“不知道！就是特别不安，心很乱！”元稹的脸色，更加凝重了。

白居易想，元稹一定是因为之前奉诏回京，结果不好，让他心理上有了阴影，于是就说：“不用担心，微之。新皇不似先帝，是有兴国大志的。”

“但愿吧。”元稹说，眼神越发的黯淡。

“别胡思乱想，这是个大喜事。既然来了，咱们好好喝几杯。”白居说着话，让妻子杨氏吩咐家里的厨子，准备了元稹最爱吃的几个菜，还拿出了他自酿的酒。

白居易希望用美酒打消元稹的顾虑，让他高兴起来。可不知道为什么，面对美酒佳肴，家妓的演奏，不管是白居易还是元稹，都一改之前他们相见时的热烈气氛。特别是元稹，很少说话，甚至很多时候，都是白居易在没话找话。

为了活跃气氛，白居易问："说说你在江南的艳事吧！"

"我此生，对不起的小娘子太多了。"元稹说，神情严肃而痛苦。

白居易一时之间，不知道该说什么。元稹继续说："除了崔小迎，你是知道的，我还对不起女校书。"

元稹所说的女校书，是才女薛涛。

元稹任监察御史去蜀地办案时，遇到了大他十一岁的才女乐妓薛涛。薛涛出众的才华，曾让剑南节度使韦皋很是欣赏，留在身边做女校书。元稹在蜀地办案期间，两人经常一起吟诗作赋，煮雪烹茶，最终有了情事。

元稹曾将他与薛涛的这段情写信告诉过白居易，还称薛涛的"细腻风光我独知"，不过，这段情事最终以他离开蜀地而告终。

白居易有些诧异，元稹为何会提到薛涛。薛涛虽然声名远播，但毕竟只是乐妓，且比元稹大十一岁，两个人没能在一起，也在情理之中。

“又有那越州名伶刘采春。”元稹又说。

白居易也知道刘采春，元稹在越州任刺史时，也曾与她有过情事，对于此事，元稹也写信告诉过他，在信中，元稹还形容刘采春“言辞雅措风流足，举止低回秀媚多”。

“微之，其与卿本是露水之缘，且已为故事。”白居易说。

那些陈年往事，像揭开了元稹的生命一般，露出了其真实的底色。

“她们二位和崔小迎，为何我都抛弃了？皆因她们的身份……而我迎娶韦丛和裴淑，也是因为她们的身份，所以……”元稹忽然停了下来，认真地看着白居易，“我不是卑鄙小人吗？”

白居易摆手，空余一声长叹。

“乐天，我这两天，想起了很多人，不仅仅是她们几个，包括韦夏卿、裴垍、以及崔公公。”元稹苦笑了一下，“我突然意识到，我与人交往，是利益所致。一旦他们不能对我的仕途有所帮助，我就会和他们断绝来往，即使没有断绝关系，也会刻意疏远……”

“微之……”白居易惊讶地瞪大眼睛，看着元稹。他不明白，元稹为何会将自己批驳成这样。

“乐天，”元稹看着白居易，红了眼圈，“你相信吗？我只有和你交往，不带一点目的性。我从没有想过你是否能在仕途上帮我，如果你帮不到我，我就和你断交，从没有过，从没有……”

“微之。”白居易握着元稹的手，眼泪顺着眼角流了下来。

元稹还说了很多的话，全是回忆他和白居易在华阳观的生活……

元稹在洛阳待了两天，在这两天里，元稹像是把肺腑掏出来一般给白居易看，他坦诚得像是一个天真无邪的孩子。

离开洛阳时，元稹和白居易执手相看，怅然若失。

“一路顺风！”白居易说，“在京城等我，过些时日，我就去京城看你。”

“我等你。希望我们还能再相见。”元稹说。

白居易一怔。

元稹先是一怔，接着哈哈大笑，拍了拍白居易的肩说：“我是说，下次说不定还是我来洛阳看你。我喜欢上你履道里的宅子了。对了，我还留了两首诗给你，在你的桌子上。”

元稹说完，一步三回头地骑上马，扬鞭去了。

白居易久久地看着元稹离去的方向，直到那扬起的灰尘消失，路上也变得空荡荡的，这才回到屋里。

桌子上，白居易看到了元稹留下的两首诗：

君应怪我留连久，我欲与君辞别难。
白头徒侣渐稀少，明日恐君无此欢。

自识君来三度别，这回白尽老髭须。
恋君不去君须会，知得后回相见无。

元稹走了，白居易心里有些酸涩，空落落的。

第十八章 元白之死

两绝

元稹忐忑不安地回到京城，但当他坐在尚书左丞的位置上时，斗志又被点燃了，他要向那些曾经嘲笑和排挤他的人证明自己，他要告诉他们，他元稹不仅有能力，而且还有操行。

这是元稹的执念，为了这个执念，他恢复了少年时的锐气，整顿政府官员，肃清吏治，并将七名遭到争议的郎官贬谪出京城。

然而，他依然无法获得朝臣的尊重。

元稹既难过又无奈，就在这时，宰相王播去世了，李宗闵取代了王播的宰相位。

元稹任翰林院学士时，曾与考进士的李宗闵结了仇，致使李宗闵没有被重用。此后，元稹也就成了李党代表之一。李宗闵是牛党代表人物，所以当李宗闵取代王播坐上相位，元稹的心里变得不安。

元稹突然明白，自己在被授予尚书左丞时为何会心绪不宁了。果然，李宗闵没有忘记与元稹间的不快，他直接以元稹品德不好，难以服众为由，将他调离。

大和四年（公元 830 年）正月，仅仅在尚书左丞位置上待了四个月的元稹，调任检校户部尚书，兼鄂州刺史、御史大夫、武昌军节度使。

这一年，元稹五十二岁，他意识到，自己的仕途之路，真要彻底结束了。而如果自己的仕途之路结束，自己的人生之路又该如何走下去呢？

元稹分不清仕途与人生了。

他不想再挣扎，也不再发牢骚，甚至连给白居易的信里，也只是说自己再次被贬。

元稹去了武昌，四个月后的大和五年（公元 831 年）七月，元稹暴病身亡，终年五十三岁。

此时的白居易被任命为河南尹，得知元稹暴病身亡的消息后，他先是震惊不已，接着悲伤流泪，最后号啕大哭。他想起了元稹最后一次与他在洛阳见面时，和自己说了那么多莫名其妙的话，以及最后留给自己的两首诗。

“莫非那天他来，就是为了和我告别？”白居易想，“还有那两首诗，莫非也是他临终留言？莫非这一切，都是冥冥之中的事？”

白居易一遍又一遍地，拿出元稹写的两首诗来吟。

“自识君来三度别，这回白尽老髭须。”

“微之啊微之！若我早知道那是咱们的最后一面，我定要把所有心里话也说给你听。如今，你把你想说的都说给了我，而我还未说的心里话，又要说给谁听呢？”

白居易不停流泪，不停地哭泣。

之后，他为元稹写了篇祭文：“呜呼微之！始以诗交，决以诗诀，弦笔两绝，其今日乎？呜呼微之！三界之间，谁不生死，四海之内，谁无交朋？然以我尔之身，为终天之别，既往者已矣，未死者如何？……与公缘会，岂是偶然？多生以来，几离几合，既有今别，宁无后期？公虽不归，我应继往，安有形去而影在，皮亡而毛存者乎？”

灰心

元稹死后，元稹的家人特意来洛阳，请白居易为他写墓志铭，并要给他六十七万钱做润笔费。白居易答应写墓志铭，但坚决不收润笔费。

元稹的墓志铭，不由他来写，又要谁来写呢？

这篇墓志铭字字珠玉，句句含情，元妻感动不已，坚决要给他润笔费，白居易拒绝不了，也就接了下来。不过，他将这些润笔费以元稹的名义，捐给了洛阳的香山寺。

白居易在元稹墓志铭的最后一段，是这么写的："呜呼微之！年过知命，不谓之夭。位兼将相，不谓之少。然未康吾民，未尽吾道。在公之心，则为不了。嗟哉惜哉，广而俗隘，时矣夫！心长而远短，命矣夫！"

最懂元稹的，还是白居易。他知道元稹虽有将相之才，但却没有遇到好时机。其实，他写元稹"时机未至"时，何尝又不是在说自己呢？

元稹的去世，让白居易对仕途之路彻底失去兴趣，在任河南尹时也就毫无建树，整日过着游山玩水的生活。

此后，随着李党领袖李德裕的重新被重用，牛党代表牛僧孺、李宗闵的被调离，白居易趁机向李德裕告假百日。百日假期结束后，李德裕免去了他河南尹的职务，恢复了他太子宾客分司的职务。

白居易决定正式开始自己的“退休”生涯。然而，大和九年（公元835年）九月，已经厌倦了牛李两党之争的唐文宗李昂，提拔了自己的心腹李训和郑注为宰相，旨在摧垮牛李两党，改变“牛李党之争”的混乱局面，然后改变宦官专权的局面。

白居易没有想到，他和元稹一直致力要做的事，竟也是唐文宗想做的事。

“微之啊！你要再晚几年离开，想必……也就无憾了！”白居易想。

李训和郑注在打击牛李两党的过程中需要拉拢一些名气大、名声好，有才华且资格老的官员。于是，虽为牛党，却又不是牛党核心人物的白居易就被选中了，被任命为同州刺史。

“同州”是朝廷的直属州，相当于藩镇。此职务对很多人来说太有诱惑力了，但对想要退休的白居易来说，是个避之不及的苦差事，因而他以自己有“足疾”为由，婉言推辞。

白居易确实患有足疾，李训和郑注也不愿意与白居易为敌，答应了他，任他为太子少傅，分司东都。太子少傅是正二品，可谓是位高权重。

风景旧曾谙

白居易名利和地位都有了，虽然喜好山水，但身体不允许，于是，他就在履道里的豪宅里，过起了饮酒作诗的生活。

白居易喜欢音乐，为此，他蓄养家妓上千名，只为给他和朋友们饮酒作乐时助兴。

在白居易所蓄养的家妓里，他最喜欢的是有着杨柳小腰的小蛮，以及有着樱桃小口的樊素——“樱桃樊素口，杨柳小蛮腰”。

开成四年（公元839年）十月，白居易患上了风疾。第二年，唐文宗去世，他的异母弟弟——颍王李炎继位，为唐武宗。白居易借机辞官，却未被同意致仕，只罢去了他的太子少傅位，领半俸。

白居易不再缺钱，官职、俸禄对他的意义也不大了。在洛阳的履道里，他继续过着悠闲自在的生活，唯一能激起他兴致的就是与刘禹锡等人唱和。

虽然过着花天酒地的生活，可每当夜深人静之时，白居易还是会想起他在杭州的那段时光，那段生活，是他觉得最充实，也最为不枉为官的日子。为此，他写下了两首著名的诗来纪念：

江南好，风景旧曾谙：日出江花红胜火，春来江水绿如蓝。能不忆江南？[1]

江南忆，最忆是杭州：山寺月中寻桂子，郡亭枕上看潮头。何日更重游。[2]

江南、杭州、钱塘江，成为了白居易心中最美好的回忆。但他最想念的是在杭州时和元稹等人的诗唱酬和。

或许知道自己时日不多，白居易带着病痛，开始潜心整理诗稿，自编了《白诗文集》七十五卷，收录诗文

---

1 | 唐 · 白居易《忆江南 · 江南好》。

2 | 唐 · 白居易《忆江南 · 江南忆》。

三千八百多篇。

开元五年（公元840年）的一个晚上，白居易做梦，梦到自己和元稹携手同游。

醒来后，白居易想起了元和十三年（公元818年），他去夷陵和元稹见面时，路遇奇景，元稹说的那句“吾人难相逢，斯境不易得”，禁不住泪洒盈巾。

当时，白居易从江州司马迁官忠州刺史，元稹从通州司马迁任虢州长史，在去上任的路上，他们通过书信相约，去夷陵见面。

跟白居易一起去忠州的，还有他的弟弟白行简。

白居易、白行简与元稹本来只打算在夷陵小叙后就分别，各自乘船驶往忠州和虢州方向。结果元稹执意要送白居易一行到牢关再走。他让自己的船跟在白居易的船后，三个人继续在船上饮酒赋诗。

走到西陵峡口时，他们突然被一阵宛如音乐的泉水声吸引。三个人下船，寻着泉水声而去。走着走着，他们看到了一座由层层叠叠的奇异石头组成的天然溶洞。那泉水声就来自于洞中。

洞口杂草丛生，他们和仆人、船夫将洞口的杂草清除后，终于进入洞中，一进去，就被眼前的美景惊呆了：

清冽的泉水，犹如一条白练，从高处飘落下来，溅在潭石上，碎成了粒粒珍珠，它们敲击溶石，发出美妙的声音……

面对奇景，三个人谁也没有说话。半晌，白行简才叹口气说："如此美景，世间少有，但却无人来这里欣赏。"

白居易一听，看一眼元稹说："能够令人叹息的，又何止这件事呢？"

元稹微微点头，说出了那句"吾人难相逢，斯境不易得"。

之后，三个人在攀溶石游览过后，决定在石壁上，各写二十韵古体诗，描述奇景，题目就叫《三游洞》。这篇文章的序由白居易撰写。"三游洞"由此而来。

"三游洞"之行历历在目，白居易感慨道："人与人相得相逢，皆大不易。而难遇者，又遇奇景，何其难得。"

他泪洒盈巾，写了一首悼亡诗：

夜来携手梦同游，晨起盈巾泪莫收。
漳浦老身三度病，咸阳宿草八回秋。
君埋泉下泥销骨，我寄人间雪满头。
阿卫韩郎相次去，夜台茫昧得知不。[1]

“君埋泉下泥销骨，我寄人间雪满头。”微之啊，我如今也已两鬓苍苍，是时候去找你了。

此时的白居易，开始期待去“夜台”见元稹。

会昌二年（公元 842 年），白居易以刑部尚书致仕，领半俸。也就在这一年，他的好友刘禹锡去世了。

刘禹锡去世，白居易并不是很伤心，甚至还有些羡慕，羡慕他能够见到元稹。他在诗中写道：

四海齐名白与刘，百年交分两绸缪。
同贫同病退闲日，一死一生临老头。
杯酒英雄君与操，文章微婉我知丘。

1 | 唐 · 白居易《梦微之》。

贤豪虽殁精灵在，应共微之地下游。[1]

微之啊，真为你高兴，有人去陪你了。

刘禹锡去世后，白居易对诗文酬和也没了兴趣，他索性搬到洛阳香山寺隐居，成了香山居士。自此，“香山居士”也就成了他的号。

白居易在历史上又被称为诗魔，皆因他的那句“酒狂又引诗魔发，日午悲吟到日西”。

会昌五年（公元845年），诗魔白居易去世，终年七十四岁。

此时，在位的是唐宣宗李忱，唐宣宗非常欣赏白居易的才华，得知他的死讯后，很是伤心，说大唐就此失去一位才华横溢的诗人，他不仅赠白居易尚书右仆射，还含泪为他写了悼亡诗：

缀玉联珠六十年，谁教冥路作诗仙。

---

1 | 唐·白居易《哭刘尚书梦得二首其一》。

浮云不系名居易，造化无为字乐天。

童子解吟长恨曲，胡儿能唱琵琶篇。

文章已满行人耳，一度思卿一怆然。[1]

文章已满行人耳，一度思卿一怆然。

1 | 唐·李忱《吊白居易》。

捧读文化
触及身心的阅读
全国总经销

出品人　张进步　程　碧

特约编辑　罗　盛
装帧设计　陈旭麟 @AllenChan_cxl

出版投稿、合作交流，请发邮件至：innearth@foxmail.com
了解新书，图书邮购、团购、采购等，请联系发行电话：010-85805570

作者简介

文茜

曾任女性杂志主编，在全国各类杂志均有作品发表，擅长古代人物传记写作。

已出版《徐阶：内阁首辅之双面宰相》《严嵩：内阁首辅之青词宰相》《苏麻喇姑》（已被改编成电视剧《苏茉儿传奇》）等书。